本书改编自秦怡编剧、主演的电影《青海湖畔》

青海湖畔

Qinghaihu Pan

陈晓晖◎编

图书在版编目（CIP）数据

青海湖畔/陈晓晖编．--北京：气象出版社，
2017.8
ISBN 978-7-5029-6590-7

Ⅰ.①青…　Ⅱ.①陈…　Ⅲ.①长篇小说—中国—当代
Ⅳ.①I247.5

中国版本图书馆CIP数据核字（2017）第150981号

Qinghaihu Pan
青海湖畔
陈晓晖　编

出版发行：气象出版社
地　　址：北京市海淀区中关村南大街46号　**邮政编码：**100081
电　　话：010-68407112（总编室）　010-68408042（发行部）
网　　址：http://www.qxcbs.com　**E - mail：**qxcbs@cma.gov.cn
责任编辑：殷　淼　胡育峰　**终　　审：**张　斌
责任校对：王丽梅　**责任技编：**赵相宁
封面设计：符　赋
印　　刷：北京中新伟业印刷有限公司
开　　本：889 mm×1194 mm　1/32　**印　　张：**8.25
字　　数：158千字
版　　次：2017年8月第1版　**印　　次：**2017年8月第1次印刷
定　　价：28.00元

謹以此書獻給为國家建設默默奉獻的气象人。

秦暢

2017.4.29.

前　言

2015年，电影《青海湖畔》拍摄完成，并在中国气象局举办了首映观摩会，引发了热烈的反响。气象人为这个美丽的故事深深感动，也对创作这个故事的秦怡女士发自内心地感激与喝彩。

影片《青海湖畔》的女主人公梅欣怡（本书中名为竺心藜），是一位近乎完美的女科学家，秦怡女士在这位女科学家的身上，倾注了极大的创作热情——她纯洁、美好、忠诚，对自己的事业高度地认真负责。在气象系统中，像竺心藜这样的女科学家，还有很多很多，她们知识渊博，业务能力强，同时也具有女性的柔美与忍耐力，在工作中创造了辉煌的业绩。同时，影片中出现的其他气象工作者，也都坚韧不拔，坚守岗位，在恶劣的自然环境、艰苦的工作环境中，不忘初心，用生命谱写着高原上最嘹亮的蓝天白云之歌。

《青海湖畔》的故事背景，是我国一项伟大的民生工程——青藏铁路——的建设。气象部门承担着为这条横亘青藏高原、为国为民造福的大工程保驾护航的重要使命，而以竺心藜为代表的高原气象人，本着科学的精神，甘于平凡，乐于奉献，扎根在世界屋脊，将人生最精彩的岁月，融入了这一崇高的使命。他们的付出，换来了青藏铁路的全线贯通，换来了沿路人民的欢声笑语，也换来了青翠草原上格桑花的连绵盛开、藏羚羊的自由奔跑。

出于对《青海湖畔》的喜爱，中国气象报社传媒策划中心与气象出版社决定，将电影故事改编出版。经过改编的这部《青海湖畔》故事，与剧本原著并不完全一样。因篇幅上有所增加，本书也相应地增加了一些人物和情节，并随着这些增加的人物和情节，调整了原著故事的内容。希望读者们也能够像喜爱电影《青海湖畔》和电影主人公一样，喜欢这个新的故事，喜欢故事中热爱事业、热爱生活、历尽沧桑、百折不悔的气象人。

目　录

一、理想之雏

1948 年的夏末，北平出奇的热。暑气缠着古都的一草一木，迟迟不肯退去。然而远处的天空已经微呈秋色，大气清澈的地平线上，缕缕薄云随着高空吹过的风舒卷随意。

竺润生坐在书房，手中展着一本《水经集注》，眼睛却盯着窗台上红陶盆里的一棵精巧玲珑的小盆景，好像在想什么，又好像只是在出神。桌面上立着满满的一杯咖啡，杯口的氤氲已经散尽，只剩下一丝冷冷的清香，萦绕在这方小小的书桌四周。

竺太太站在门口轻轻敲了敲门："润生，有客人来了。"

"嗯?"竺润生回过头，见太太满脸笑意，有点奇怪。这一年黑市上都难以见到粮食，太太每每为了买几斤面粉满城奔波，脸上常有愁容，笑得很少。

"是谁来了?"

"你猜呀。"竺太太越发笑容可掬。

竺润生站起来，合好手中的书，准备走到书柜前插回原来的位置："谁能让你开心成这样？我真猜不出来。"

"哎呀，你别磨蹭。"太太进屋一把拉住他的手，把书拿下来往桌上一放，"告诉你，有贵客，是有松。"

"有松？"竺润生大惊，"他到北平来了？什么时候来的？"

"你去问他不就是了！"竺太太推着丈夫，出了书房，直奔堂屋。

堂屋里，一个戴金丝眼镜的清瘦中年男人正坐着喝茶，见竺润生和竺太太进来，连忙起身："润生，我这不速之客来叨扰了。"

竺润生快步上前握住他的手使劲晃了几下："有松，好几年没见了！你还好吗？"

"我很好。上次见到你和祺萍，还是在贵州呢。"

"可不，那时候真是狼狈，被鬼子追得到处跑。坐！"竺润生拉着林有松坐下。林有松坐回椅子，看着竺润生微笑。

"笑什么呀？"

"你和我一样，也是两鬓染霜了。但祺萍还是那么年轻漂亮。"

竺太太做了个鬼脸，望着丈夫笑道："都是五十岁的人了。"

"你不像，真不像！你还跟当年我们在哈佛那会儿似的，一个样，没变！"林有松朝竺润生挤挤眼，"是不是？"

竺润生点头："我怎么敢说不是。"

竺太太拍了他一记："少贫了你俩！你们聊吧，我去买菜。有松，你要留下来吃晚饭的。”

林有松迟疑道：“这……太麻烦了吧？我听说北平物资很紧张。”

竺润生忙说道：“不不，这你不用管，一定要留下来，我正要跟你好好聊一聊。祺萍，那就有劳你了。”

竺太太笑眯眯地白了他一眼：“说什么呢！”

她出去了。

看太太的背影消失在院门外，竺润生脸色一沉：“我猜，你这次来北平，是出逃吧？”

林有松严肃地说：“你是不是也遇到和我一样的麻烦了？”

“嗯。”

“你打算怎么办？”

“这可是大事啊。”竺润生没有直接回答。

林有松站起来，走到堂屋一角摆着的钢琴前，拿起上面的一个相框。

相框里是三个年轻人的合影，两个略显青涩的少年，和一个笑得爽朗如阳光般的少女。三个人的背后，是宽广的泛着粼粼波光的河面，河上跨着一座巨大的铁桥——不过那是照相馆的背景上画的风景画。林有松还记得那幅背景画，是他们三人特意选的。除了这幅，其他都是中华风十足的亭台楼阁，专供当地的华人拍全家福寄回老家。

“这是在旧金山的那家华人照相馆照的吧。”

“是啊。1917 年的秋天，我们三个漂洋过海，从旧金山上了岸。我还记得，是你说，这是我们到美国的第一天，必须留个纪念，所以我们上街找了家华人开的照相馆，照了这张照片。‘抗战’的时候，一路流亡，好些东西都丢了，所幸这张照片一直保存得很好。”

“1917 年……那一年我 20 岁。你，也 20 岁。”

“还有，祺萍也是 20 岁。”

“那是多好的年纪啊。一转眼，三十年啦。”

“这三十年，你们过得怎么样？有没有实现当初求学时许下的诺言？”

“你有吗？”

“我一直都在努力呢。”

“我也是。”

一个穿着学生裙、短发圆脸的女孩脚步轻快地进了屋，放开嗓门叫了一声：“爸爸！”随即她便看见屋里站着一个陌生人，脸一红，忙向后退，想要出去。

竺润生喊住她：“心藜，过来打招呼啊。这位是林叔叔，宁江大学气象研究所的教授。”

竺心藜腼腆地走过来，朝林有松鞠了一躬：“林叔叔好。”

林有松看着她：“竺心藜，你好，我们见过面。”

“我们见过面？我怎么不记得？”竺心藜诧异地问。

林有松大笑起来，“哈哈哈，那时候你的身高才只有这么一点，”他用手比画了大概一尺左右的一段长度，“理论上来说，人在那个年纪是没有记忆的，哈哈哈哈……”

这个笑话实在太冷，竺心藜本不想笑，看这叔叔笑得开心，只好也笑了一下。竺润生忍着笑说道："好了，心藜，你妈妈去买菜了，你有功课的话，就自己去做功课吧。"

"是。"竺心藜再次向林有松鞠了一躬，"林叔叔，请您慢坐，我做功课去了。"

"去吧去吧。"

竺心藜回到自己的房间，从书包里掏出一叠纸。那就是她的功课——从高年级的同学那里得到的一个任务。她要把这一百张白纸全部写上"反饥饿，要和平"这几个字，晚上，她还要跟几个同伴一起趁着夜色上街张贴。竺心藜今年刚上高中，但像这样的"功课"，她早就驾轻就熟。

她把笔墨摆放好，一个字一个字认真地写起来。偶尔抬起头，就看见隔着院子的堂屋里，爸爸和那位林叔叔还在谈话。

这天竺家的晚饭格外丰盛。竺太太大显神通，居然买到了做牛排大餐的材料，还带回来一瓶红葡萄酒。她拿出尘封已久的平底锅和一套西餐具，在厨房忙活到八点钟，从前菜到甜点，样样都像模像样。

竺心藜第一次见到妈妈做的正宗西餐，目瞪口呆。竺润生看着女儿眼珠差点掉在菜盘里的样子，说道："你妈当年在美国的时候，跟房东太太学得一手好菜，你林叔叔没少蹭她做的饭吃。"

"你那样讲可不妥，蹭饭嘛我是蹭过的，但我都是跟你一起去蹭，”林有松认真地说道，“再说，我只老老实实蹭饭，不像你，却是别有用心。”

竺润生笑而不语。

竺心藜好奇地问：“爸爸，您和林叔叔是在美国认识的吗？”

“当然不是。”

林有松笑道：“我们是在上海读留学预科班的时候认识的。全班十几个同学，只有我和你爸爸志向相同，想学农学，后来，我们一起去了伊利诺伊农学院，就我们俩，连你妈妈都没去。她呀，一心要学物理，做个居里夫人。”

“农学院？可是我爸爸是学气象学的呀，林叔叔你不也是吗？”

竺润生说道：“我最初的想法很简单。我们生在一个农业为本的大国，种田是我们中国人几千年的生活方式、生产方式，想让这亿万同胞都吃上饱饭，农业科技一定要跟得上世界的潮流。这个想法，我到现在也没有改变。只是，经过在农学院一段时间的学习，我了解到，原来气象科学不仅仅是我们的老祖宗说的看云识天，当时的科学家已经在研究如何改变天气，让它为农业生产服务。这太神奇了！如果我们能改变不利的天气条件，让中国的农民多打粮食，中国人就再也不用挨饿了！这么一想，再加上你这位林叔叔一个劲儿地撺掇，到了农学院毕业再次选择专业的时候，我决定把我的方向稍微转换一下，就跟他一起去哈佛考了地学系，学了气象。”

竺心藜并不了解父亲的研究内容，她还是个爱读小说爱看电影、喜欢写诗画画的小女孩。虽然她在学校的理科成绩很好，但说到科学，那还是离她很遥远的事。但她知道，父亲是正确的，人首先要吃饱饭。她想起自己花了一下午的时间写的那些传单——“反饥饿，要和平”——“爸爸，您说的我懂，只有人民不再饥饿，我们的国家才能得救。”

竺润生和林有松都愣了一下，随即互相看了一眼。林有松对竺心藜点点头：“不错啊，小姑娘，你说得很对。中国是一个美丽的国家，也是一个多灾多难的国家，特别是气候，一年旱，一年涝，风调雨顺的好年景没多少，累死累活做一年，水旱一过，颗粒无收……日子太苦了，我们的老百姓。”

“只有先进的科学，才能改变这一切。”竺润生说道。

竺太太用托盘端着四碗奶油汤走进来：“我说各位，你们快开动吧，沙拉冷盘是不怕，可牛排凉了就不好吃了。”

“对对，我们赶紧开饭，有松，我这是托你的福。祺萍，你也快来。”竺润生一边招呼，一边开起了红葡萄酒。

竺心藜望着桌上的食物，若有所思。

在竺润生夫妇的极力挽留下，林有松同意在北平期间住在竺家。因为第二天是星期日，饭桌上，竺润生建议全家去郊外钓鱼，顺便野餐，得到了所有人的热烈响应。

这顿晚饭吃得盘干碗净。饭后，竺太太准备了三杯咖啡，把竺心藜赶去睡了。见女儿麻溜地回了自己屋，灯也关上，竺太太很满意。她当然不知道，女儿还有“重要任务”在身，根本就不会乖乖地睡觉。

夜深人静时，竺心藜悄悄从床上爬起来。大人们聊天聊到十一点多，这会都各自歇着去了。竺家的小院里一片寂静。

简单梳理了一下头发，穿好衣服，把那一叠写好的传单塞进书包，她便蹑手蹑脚地从自己屋里出来，穿过黑暗的院子，来到大门边。她小心翼翼地摸索着门闩，避免开门时发出声音。

突然，身后有人说话：“小姑娘，你要去哪儿啊？”

竺心藜吓得手一抖，门闩差点掉下来，她慌忙又伸手去抓，四个手指一下子磕在门板上，门闩也没抓住，重重摔在地上。“啊！”她疼得低低叫了一声，身后的人连忙上前：“没事吧？”

她回头一看，原来是林有松。

“林叔叔……”

“我起来上厕所，看见你要出去。这么晚了，你一个小女孩子怎么能跑到外面去呢？你去做什么？”

“没……没有……”竺心藜下意识地捂住书包。

林有松看了看她，想了片刻：“书包里有东西？”

“没有东西！我……”

“好，不管你出去干什么，我陪你去。”

“林叔叔，我跟同学约好了。”

“那你们带上我呗。”

“这不行，我们说好了不准带外人。”

“我又不是外人，是你叔叔。反正你得让我陪着你，不然我不能让你出门。”林有松严肃地推了推鼻子上的金丝眼镜，向前走了一步，他高瘦的身影披着月色，像一座山峰立在竺心藜面前。

凌晨的街上一点灯光都没有，竺心藜撅着嘴走在前面，林有松紧紧跟在她身后，两人一前一后，向东四的方向走去。

秋夜的凉这时登峰造极，竺心藜出来时只穿了白天那件连衣裙，风一吹，觉得周身涌过一股瑟瑟的寒意，林有松赶上前来，脱了外套披在她身上。她想拦住，林有松轻轻把衣服摁在她肩上：“穿好，现在是一天中气温最低的时候，很容易着凉感冒的。”

“林叔叔，您真的不用陪我，我自己能行。”

“不必再说了。”

“可是您跟着我，我的同学看见了怎么想啊。”

“我不会打扰你的。”

竺心藜的嘴撅得更高了，她觉得这个叔叔好烦人，必须在跟同学会合之前摆脱掉。

走过离集合地点还有大约一百多米距离的一条胡同的时候，竺心藜感觉时机到了。这条胡同有三个出口，她和同学约在往南去的那一个，另外两个，分别通往西南和北边，而在那两个出口之间，还有一条狭窄的小径，不熟悉地形的人，不容易在毫无照明的黑地里找到。她绕一个弯就能甩掉林有松，再从往南的出口离开。

竺心藜打定主意，故意朝往北的出口走去，林有松仍然一步不落地跟在她身后，走到快接近小径路口的地方，竺心藜蹲下身系鞋带，一边回头对林有松说道：“林叔叔，您戴手表了吗？”

“手表？啊，戴了。”

“您夜里出来上厕所还戴手表啊？”

“哈哈，我习惯了，只要离开枕头，就会拿起表戴上。这是为了随时提醒我自己，时间永远不够用，绝对不能浪费。”

“那您帮我看看，现在几点了？”

“好。”

林有松抬起手腕看表，胡同里太黑，只有天上一轮半圆的月亮照明。表虽然是夜光的，可他两眼高度近视加上轻微“老花”，还是仔细辨认了好一会，这才抬头说：“哎呀，你看你看，说话就快三……”

他没说完便停了下来，因为竺心藜已经不见了，地上有一团黑乎乎的东西。他走过去捡起来看看，果然，是他的外套。

竺心藜飞奔着穿过小径返回胡同，从南边出口跑了出去，赶到了集合地点。几个同学正在那里等她，看见她气喘吁吁地跑过来，跟她最要好的汪燕埋怨道：“竺心藜！你怎么才来啊！”

“对不起对不起，我一出门就被人缠住了，好不容易才逮着机会开溜的。”竺心藜忙道歉。

“谁缠住你了?”另一个女同学好奇地问。

“是我爸爸的同学，他来北平出差，住在我家。我出门的时候正好撞见他起夜，他就非要跟我一起来。”

“你爸爸的同学?那他也是教授吗?”

“嗯，他是宁江大学的教授。”

汪燕急切地说：“别聊天了，快，都把东西拿出来。我们分配工作!”

大家纷纷从自己的书包里拿出传单和空瓶子，家里开裁缝铺的小金负责带糨糊，她把糨糊分别灌到一只只空瓶子里。汪燕给了每人一把刷子。一切准备就绪。

“快去吧，我们天亮之前一定要把这些传单贴满整个东四大街。”

竺心藜专心致志地在她分到的地方贴着传单，刷一条糨糊，贴一张传单，这个工作她做过不止一次，很是老练。她正忙着，听见远远地传来一连串凄厉的狗吠声，在静谧的夜晚荡起略显恐怖的回声。这是谁家的看门狗醒了吧。她没想太多，继续刷着糨糊。

突然，一只手猛地攥住她的手臂，一把把她从墙边拉开，她只觉得有股力气拖着自己，急速地窜进了路边的巷子。她还没来得及看对方的脸，整个人就被推进了巷子深处的角落，身不由己地蹲在了地上。

这时，一阵哨声从街面上掠过，紧接着是七八个男人的脚步声和嘶喊声：“围住！围住！一个贴传单的都别放跑！今儿个咱们就给这些小兔崽子包圆了！”

竺心藜差点叫起来，身边的人小声说道：“别出声！心藜，是我。”——是林有松的声音。

“林叔叔？你……”

“嘘——”

竺心藜扭过头，看到林有松的金丝眼镜在一片漆黑中闪着光。

黎明的阳光照到竺家院子里时，竺太太来到女儿房门前敲了敲：“心藜呀，六点半了，起床吧。”

她等了片刻，屋里竺心藜用刚睡醒的慵懒嗓音答应了一声：“知道了，妈妈。”

竺太太转身，看见林有松缓步走出房间，站在院中左右伸着懒腰。

“有松，快洗漱，来吃早餐了。”

林有松微微一笑：“好嘞。”

吃早饭时，竺润生和林有松又谈起了在美国的往事。竺太太吃到一半，看了看竺心藜，却见她默默地低着头，手里拿着筷子一动不动，面前的一碗棒碴粥，表层凝固了厚厚一层糊。

“心藜，你怎么了？为什么不吃啊？”

竺心藜抬起头，眼泪在眼眶里打转。

竺太太不安起来：“出什么事了？”

竺润生也看了过来：“心藜，怎么了？”

竺心藜不由自主地望向林有松。她的目光触到他平和的神色，心里莫名地觉得安定了许多。

“没什么，我……我有点不舒服。”

竺润生关心地说道：“那吃完饭让你妈妈带你去医院看看?”

“不用，”竺心藜端起饭碗，“我吃饱了就好了。”

林有松笑笑：“那就快吃吧。一会儿咱们去钓鱼，散散心。心藜呀，一定是学习太刻苦，累着了。”

“就是，心藜学习可努力了，一点都不用大人操心。”竺太太笑道。

竺润生自豪地说道：“我们心藜智商高，成绩也好，数理化都是强项，将来准是块当大科学家的材料，哈哈哈……”

竺心藜没说话，埋头扒拉起粥来。

吃完早饭，一家人照计划去郊外钓鱼。

竺润生叫了两辆黄包车，一辆他们夫妇坐，一辆让竺心藜和林有松坐——这是林有松要求的，他说想跟心藜聊聊。竺润生还觉得奇怪，问道：“你跟心藜聊什么啊?”

林有松微笑着说道：“我打算鼓动你闺女，将来报考我们宁江大学的气象系。”

竺润生一撇嘴：“心藜当然还是得考清华大学的气象系呀!”

竺太太笑着说：“你们俩别斗嘴了，心藜自己呀，有主意得很。是吧，心藜？心藜?”

竺心藜一愣：“妈妈您叫我?”

“哎呀，这孩子今天是怎么了？是不是真的哪里不好啊？”竺润生困惑地看着女儿。

林有松一推他：“好了好了，赶紧出发吧，不然鱼都要回家睡觉了！心藜交给我，你放心！”

这天天气特别宜人，晴朗，不热，有风。人从浓密的柳树荫下走过时，只觉得空气清甜柔爽得让人想掬起来嘬一口。

竺心藜闷闷不乐地坐在黄包车上，风轻轻地吹着她的鬓发，她觉得脸上凉凉的，用手擦了擦，手指上都是水。

林有松瞟了她一眼：“怎么又哭了？”

竺心藜低下头。

“你是不是在担心你的朋友们？”

“嗯。”

“你害怕了？怕万一她们中有人被抓了，可能会把你说出来？”

“我才没有呢。而且她们也不会这么做。”

“没关系，害怕很正常。”

“我不害怕！”竺心藜抬起头对林有松怒目而视。

林有松并不说话，盯着她，似乎在想什么。

“你这么看着我干嘛？”竺心藜不服气地问。

“你让我想起一个人。”

“谁？”

“我的一个学生。他比你大几岁，今年是大学二年级。”

竺心藜不知道林有松想说什么，内心很警觉，眼睛里也都是疑惑。林有松感觉到了。他没有理会，继续说道："他是一个非常聪明的孩子，热情，活泼，浑身上下都充满了力量，每次只要他坐在课堂里，我就会感觉到，整个空间都是他辐射出来的活力。"

"他很闹腾吗？"

"哈哈，不是，是很执着。任何一个问题，只要没搞清楚，他就不会放过，会站起来跟我争论不休，面红耳赤那是常有的事，最离谱的一次呀，他直接站到我的讲台上来了，连珠炮似地发问，口水喷了我一脸。"

竺心藜噗的一声笑了。

"你讨厌他？"

"怎么会，我喜欢这样的学生呀，你要是做了老师就有体会了。老师最爱的，就是一心一意想从你这里学到真东西的学生。"

"那倒是。我们老师也说，你们要多提问，多提问，我说了那么多，你们坐在下面，像地里的冬瓜一样没反应，我怎么知道你们学没学？懂没懂？嘻嘻……"竺心藜学着老师的腔调笑着说。

林有松慈爱地看着她，声音突然一沉："可是，这个学生，已经去世了。"

"怎么会？他不是只比我大几岁吗？"竺心藜诧异地说。

"两个月前，他死在杭州的监狱里。"

"啊?!"

林有松暂时不想再说下去，他神情凝重地望着路边。

黄包车不疾不徐地在柏油路上奔跑，前方是一个赈济难民的简易粥棚，一口大锅周围，聚着层层叠叠破衣烂衫的男女老少。

载着竺润生夫妇的黄包车已经过去了。他们的黄包车艰难地穿行在饥民中间，竺心藜听见成百上千道呼喊声杂乱地混合在一起，像是在向她乞求什么，但那口音她也不是听得十分明白。她低下头，看到许多面黄肌瘦的孩子或站或蹲在人群的底层，无数亮得刺眼的目光从他们的脸上透过密密麻麻的裤腿丛向外放射着，伴随着那目光，一只只枯瘦的小手吃力而坚持地伸向她。

车夫连忙回头喊道："先生小姐，您二位可千万不要给他们钱啊！"

竺心藜问："为什么？"

"给了咱们可就走不了了！"

竺心藜看看林有松，林有松点点头。她只好把伸进挎包里的手又抽了出来，缩进衣襟里。她不敢再看那些孩子了。

好不容易走过了这条街，出了阜成门，前面变成了黄土路，路面硬实，行人变少了，车夫的脚步十分轻快，一簇簇烟尘从他脚底下不断地飞扬起来。

"先生小姐，这路啊，不下雨就好走，一下雨，嘿，黄泥汤！"他回头大声说了一句。

林有松挺起身对着车夫早已经湿透的后背高声说："您累吗？累了咱们歇一会！"

“不累！干咱这行的哪有累了歇歇这一说的！您二位坐好啰！”

林有松坐回座位上，对竺心藜说道：“你看过老舍先生的《骆驼祥子》吗？那部小说非常真实，值得一看。”

竺心藜沉默着。

“别难过了。那么多难民，你也没有办法。”

“林叔叔，您的那个学生是为什么死的？”

“为什么？”

“对呀，为什么？”

林有松似乎觉得这个问题不能草率回答，想了一会才说道：“你知道，在今天这样金钱和权势高于一切的社会里，为什么会有人，有机会上大学，却选择学气象学这种既不能发财也不能当官的专业吗？”

“就像您和爸爸聊天的时候说的，为了让老百姓吃饱饭？”

“是的，让老百姓吃饱饭。这是我们的目的，但我们的目的，不仅仅是让老百姓吃饱饭。”

“还有什么？”

“心藜，你看，”林有松指着路边的旷野，“这片土地多美啊。”

竺心藜顺着他手指的方向望去，夏末时节，刚刚收割过的庄稼露着仍是金色的麦茬，一捆捆秸秆堆积在田埂上，虽遥远却近在眼前的天空，仿佛一个辽阔的蓝色胸膛，把连绵的苍山和一望无际的麦地轻轻拥揽。四下里高树的青梢上曳挂着轻盈的白云，树下顶着草帽的农人们在耕耘，他们赶着黄牛将土地翻开，身后留下深黑色的长迹。

“是啊！真美！”竺心藜平时也会跟朋友们一起出城，但没有这么仔细地看过城外的风景。

“越是美丽的地方，越是需要足够的力量去保护。心藜，气象有远观万里的眼睛，博闻四方的耳朵，有强大的计算和预测能力，它能控制天空中看似无拘无束的雨云和无坚不摧的雷电，它能上升到太空，遨游在大洋，深入到沙漠，探索人类从未见过的世界。它让飞机得以安全飞行，让船只能扬帆远航。气象可以做很多很多事，它是保护我们这块美丽土地不可或缺的力量！”

林有松平静地说着，金丝眼镜后面那双细长凝神的眼睛却闪现着一种自豪的光芒。

“你问我，我的那个学生为什么而死。在他被捕前，他并没有告诉过我他所做的一切是为什么，但是我觉得，我懂得他，因为当我们在自己20岁的时候，做了同样的选择，我们都选择了一个不会给我们自己带来太多个人利益，却能造福这个国家的学科，作为我们的终身专业。所以我知道，我们心底有同样的信念：这个国家需要我们。它需要我们放下自己，拼尽所有，去拯救它、支撑它、建设它，让它变得强盛，让它成为一个堂堂正正的大国，无可撼动地站在地球上。我的学生为什么而死？我相信，他就是为这个信念而死的。”

竺心藜一句话也说不出，只是呆呆地望着林有松的脸——一张再普通不过的中年男人的脸，略显瘦削的白净双颊透出文弱的书生气，眉间额上无论多么安然的表情都捋不平的皱纹清晰可见——这时看起来，这张脸是那么凛然，俨然如一位壮士。

前方远远的有人喊道："有松，心藜！我们到了，下车吧！"那是竺润生的声音。他们的车先到了几分钟。

黄包车夫小心地放下车把："先生、小姐，到地儿了。"

林有松拍了拍竺心藜的肩，微笑道："走，去钓鱼啦！"说着，他跳下了车，伸手扶下竺心藜，转过身郑重地对车夫说了一声："师傅，辛苦你了！多谢呀！"

车夫擦了擦汗，回道："您客气！"抬了车转身走了。

郊游很愉快，竺心藜的心情也好了一些，她不再时时刻刻为昨天晚上失败的行动懊恼了。唯独一样，她仍担心汪燕她们几个——她们怎么样了？有没有被抓？

林有松的话一直在她耳边回荡。她朦朦胧胧想过的一些事，被这些话唤醒过来，在她的脑海里变得更清晰。

下午刚回到家，汪燕就来找竺心藜了，她告诉竺心藜，上午她已经挨家挨户地确认过，昨晚所有的同学都顺利逃脱了。什么时候再去贴传单，等待通知。

她走后，心里的大石头总算落了地的竺心藜蹦蹦跳跳来到院子里，拿起小铲子，哼着歌给花盆松起土来。

"哟，小姑娘，现在心情不错嘛。"

竺心藜回过头，看到林有松背着手站在自己身后。

"林叔叔，告诉您一个好消息，我的同学都没事。"

“嗯，那太好了。”

“对了，林叔叔，我想问您一个问题?”

“什么呀?”

“昨天晚上，那么黑的胡同，您又不认识路，是怎么走出那个胡同找到我的?”

林有松笑着说：“我们搞气象的人，看地形可是基本功啊。只要有风，我们就能辨别方向。”

“真神奇!”

“这个不算什么本事，你爸爸也一样。”

“什么我也一样?”竺润生走了过来，“你们俩聊什么呢，这么开心?”

竺心藜回头弄着花盆：“没什么。这是我跟林叔叔的秘密。”

竺润生一撇嘴：“嘿，有松啊，怎么我闺女向着你呢?”

林有松揽过他的肩头：“你吃什么醋呀，你的闺女不就是我的闺女?”

两人哈哈笑起来，竺心藜背对着他们，嘴角也轻轻上扬。

二、来自远方的托利亚

四年后。

1952年9月的一个凉爽夜晚，北京大学学生会正在举办一场迎接新生的交谊舞会。

梳着羊角辫，还是一副高中生模样的竺心藜坐在舞池边，无聊地喝着汽水。

汪燕跑了过来："心藜，干嘛坐着呀？去跳舞吧！"汪燕比竺心藜高一年级，她去年就上了大学。这次迎新舞会，竺心藜本来不想来的，是汪燕死说活说把她拉了来。可是一到舞场上，汪燕却没了踪影。这会儿她又不知道从哪儿突然出现了。

竺心藜摇摇头："我跟你说过我不会跳舞。"

"跳着跳着就会了嘛！"汪燕把她手里的汽水瓶夺走放在桌上，抓住她的手把她从椅子上硬拽起来。

"我想喝汽水！"竺心藜想甩开汪燕却没能成功，被她直直地拖到两个男生面前。竺心藜惊讶地发现，那两个男生里，竟有一个外国人。那外国男孩个子很高，在舞厅略显昏暗的灯光下，他淡金色的卷发和雪白的皮肤也颇为耀眼，又穿着一件白衬衫，整个人竟发出柔和的光，好像自带光源一样。他胳膊肘上搭着一件西装外套，下身是笔挺的西裤和闪亮的皮鞋，虽然站在舞场边缘，身影依然格外突出。竺心藜才在他跟前站了几秒钟，就感觉到自己也被周围热辣辣的目光扫射波及了，浑身上下一阵不自在。

她偷偷对汪燕说道："这是谁啊？你……把我带这儿来干嘛？"

汪燕没理会，手搭着她的胳膊对那两个男生笑着说道："这位是我读中学时最好的朋友，她今年也考上了北京大学，是气象系的。"

两个男生中的那个中国男生向竺心藜伸出手："你好，我叫何国贤，是中文系三年级的学生。"

这个叫何国贤的中文系男生长着一张眉清目秀的娃娃脸，却有些许少白头，身材比不上身边的外国男生匀称修长，但也不失健朗。他穿着西装打着领带，西装质地不错，款式也挺时新，扣子一丝不苟地全扣着，看起来有点热，这使得他的脸微微发红。

竺心藜跟他握了握手："你好，我叫竺心藜。"

"你就是竺心藜呀？"何国贤说。

"你知道我？"

"当然，这届新生的理科状元嘛。大才女，早就声名远扬了。"

竺心藜不好意思地笑笑。

汪燕看着那外国男生说道：“何国贤，那这位呢？快给我们介绍介绍。”

外国男生看着何国贤。何国贤用俄语跟他说了几句，他笑着点点头，也用俄语简单地回答了几句。

“这位是在我们学校担任助教的苏联专家安纳托利·伊万诺夫·彼得洛维奇同志，莫斯科大学的硕士研究生。”

“哎呀，名字这么长谁记得住啊！他有没有小名？”汪燕大声说道。

竺心藜拉拉她的袖子：“别瞎说。”

“托利亚。”外国男生突然对竺心藜说道。

竺心藜和汪燕都被吓到了，她们定定地看着那男生。

“托利亚，就是小名。”

何国贤忙说：“对，在俄语里，安纳托利的昵称就是托利亚。你们可以这么叫他。”

汪燕说道：“好，那我们就叫他托利亚了，托利亚同志！哎呀，这个名字好记多了！”

托利亚微笑点头，转过脸目光炯炯地看着竺心藜。

竺心藜小声说：“你好，托利亚同志。”

“你好，竺。”

四个人互相介绍完毕，何国贤就请汪燕去跳舞了，剩下竺心藜和托利亚，有些尴尬地站在原地。

竺心藜不知道该怎么办，低着头揪着衬衫前襟上的纽扣，托利亚看了看四周，对竺心藜说道：“竺，你如果不想跳舞，要不要跟我出去散散步？”虽然带着浓重的异国口音，但他的每个字基本上都准确清晰，竺心藜完全能听懂。

竺心藜震惊地看着他：“你……你……”

托利亚笑着说，“其实我的祖母是中国人，我小时候跟她学过一些中国话。”

“真的？原来你是中俄混血啊！”

“对，我有四分之一的中国血统。”

“怪不得。我还以为那位何同学是你的翻译，你不会说中国话呢，谁知道你说得这么好。”

“好吗？只是凑合吧。”

“托利亚同志，你的中国话岂止是凑合呀。”

“谢谢你的表扬，竺。”

“我的名字叫竺心藜，你不要总叫我竺，听起来挺奇怪的。我们中国人不习惯单独地称呼人家的姓。”

“好吧……我叫你心藜，好吗？”

“不行不行，我们还不熟悉，就这样叫名字，不合适，我们中国人也没有这个习惯。”竺心藜认真地说。

托利亚无奈地说：“那，按照中国人的习惯，我应该叫你什么呢？”

竺心藜想了想：“你就叫我竺心藜好了。哦，后面还要加上‘同学’两个字。”

托利亚忍不住笑了：“竺心藜同学，我每叫你一次，都要说五个汉字，这也太为难我这个外国人了。”他把一只手张开在竺心藜眼前，晃着五根白皙纤长的手指。

竺心藜怀疑地看着他："你汉语说得这么利索，哪儿为难了？"

"我可不可以用一个俄文名字称呼你，竺心藜同学？"

"俄文名字？"

"对呀，反正你们新生进了大学都要上俄文课，取个俄文名字不是很正常嘛？"

"才不呢，就算是俄文名字，那也是我的名字，凭什么你来取？"竺心藜的话里不由自主地流露出不满。

托利亚一愣，马上明白了自己的唐突："抱歉，真的很抱歉，是我想错了。"

"你才不是想错了呢，你是……"竺心藜本打算说"你是想歪了吧"，又觉得拿这话去抢白一位苏联专家，实在不礼貌，便住了口，不再说了。

两人有点冷场，周围舞曲和人声喧嚣的声音好像变大了，衬托得他们两人之间的气氛愈加冷淡。

"那么……"托利亚犹豫了几秒，试图捡起刚才的话头，"要不要去散步？"

"对不起，我不想去。"竺心藜爽快地拒绝了。虽然这位年轻研究生又高又帅，有一双晶莹透亮的蓝褐色眼睛，长得就像苏联电影里智勇双全的男主角，不过经过刚才这一番对话，竺心藜不但没有对他产生特别的好感，反而更觉拘谨了。

"那我们就在这里坐一坐，可以吗？"托利亚并没有气馁。

竺心藜想了想，到底不好直接把他丢下走开，只得点头说："那就坐一会吧。"

托利亚忙把一张椅子拉开请她坐。等她坐下了，他也拉了一张椅子，坐在她身边。竺心藜看了他一眼，把屁股下面的椅子挪开了几厘米，假装看着舞池里跳舞的人们。她看到汪燕和何国贤正跳得不亦乐乎。何国贤的舞姿是标准的华尔兹，汪燕有一点不熟练，不过看得出来，何国贤很照顾她。

"竺心藜同学，我忘了告诉你，我们是一个专业的。"托利亚说。

"是吗？"竺心藜回头问道，"你也是学气象的？"

"我本科毕业于莫斯科大学地理系气象专业，我的导师研究的是冻土带气候，我现在也跟着他做这方面的课题。"

"冻土带气候？那是什么？"竺心藜确实不知道。

"简单来说，高寒地区的土壤里会含有冰，有的冰是永久的，从不融化，有的冰是季节性的，会随着温度升高而融化，气温降低时又冻结。这样含有冰的土壤就叫冻土。会产生冻土的地区的气候，就叫冻土带气候。"

"哦，原来如此。那你们苏联应该有很多冻土吧？你们那儿都到北极了。"

"是的，我们国家的西西伯利亚平原几乎都是冻土。你们中国冻土也不少，所以我的导师才会带着我到这里来嘛。将来你们要建设国家，要在冻土带上修建公路、桥梁甚至铁路、飞机场，一定是需要深入研究冻土带气候的。"

"我们中国的冻土在哪儿？"

“中国最典型的冻土带，就在青藏高原。”

竺心藜脑中立刻浮现出一片青色的高山，山尖上顶着一片片洁白的积雪，山地上开着五色的鲜花。当然，这是她想象出来的，她根本没有去过那里。只记得在书上看过，青藏高原是世界上海拔最高的地方，那里天蓝水清，生长着许多美丽的高寒带植物，还有大片的戈壁，荒无人烟。

“我的导师去考察过，那里有一个很大的咸水湖，当地人叫它‘措温布’，非常美。”托利亚好像知道她在想什么，这样说道。

“措温布，那是什么意思？”

“那是藏语，意思是青色之海。我看过照片，措温布湖真的就像海洋一样大。真希望能去看看。”

“总有一天我也会去的。”竺心藜说。

“那好啊，我们可以一起去。”

“你……”竺心藜刚有点谈话的兴趣，又被他这句话打消了，“我干嘛跟你一起去。”

“竺心藜同学，我们刚认识不到半个小时，可是我觉得，你好像有点不喜欢我，”托利亚说，“我有什么地方做得不好吗？你可以直接地向我提出意见，我会改的。”

竺心藜摇摇头：“托利亚同志，天不早了，我要回宿舍去睡觉了，再见吧。”她站起来。托利亚连忙也站起身，想挽留她却不知道该怎么办，只好两手一摊。

跳着舞的汪燕一眼瞥见竺心藜要走，连忙跑了过来。

何国贤也跟在她身后来了。

“心藜，你去哪儿?”汪燕抓住竺心藜的手把她拉到一边。

“我要回去睡觉。”

“哪有这么早睡觉的呀，”汪燕把胳膊往她跟前一伸，顺手扯了扯袖子，“你看，这还不到八点呢。”

竺心藜这才注意到她手腕上戴着一块手表。那表有点年头了，表盘上刻着花体俄文字母，钢壳和玻璃盖子的擦痕都很明显，即使如此，在汪燕那身朴素的黄绿色薄灯芯绒衬衣的底子上，这块银白色的表还是很醒目。

“这表是哪儿来的?”竺心藜瞪大眼睛看了半天，凑近汪燕小声问。

汪燕朝何国贤努努嘴：“他送的。”

“他？他为什么送你……哦！你和他?”竺心藜差点惊呼出来，忙用手捂住嘴。

汪燕羞涩地笑笑：“是以前学联的老领导介绍的。人家是革命世家，他爸爸三十年代的时候就在苏联留学了，老资格的无产阶级知识分子，写过很多书，著作等身呢。这块表就是他爸爸带回来的，苏联的名牌货，别看是用了二十多年的东西，走得可准了，上一次弦能走好几天呢。苏联产品质量就是好。”汪燕得意地端详着自己的手表。

竺心藜一点她的脑门：“你可真够保密的，现在才告诉我。”

“前一阵不是还没定嘛。这一定下来，我第一个就跟你说了，够朋友吧？哎，你是怎么了，跟那个苏联专家谈不拢？”

“你什么意思呀？我跟他谈什么？”

“你知不知道，这位苏联来的托利亚同志多受我们学校女同学欢迎？他去食堂吃饭，食堂都满座。”

“食堂哪天不满座啊。他受不受欢迎，跟我有什么关系？”

“我说心藜，你父母都去世那么长时间了，你呀，孤家寡人一个，没亲没故的，也没人照顾。你现在已经考上大学了，就别再像以前那样，整天窝在家里抱着书本啃馒头，多出来参加参加社会活动，找个志同道合的革命伴侣，这才是当务之急呢。”汪燕神态恳切地说道。

竺心藜默然了片刻：“革命伴侣，我才刚高中毕业，谈这个太早了吧……再说，那也不能找外国人啊。”

“他是从苏联来的，怎么能叫外国人？苏联是老大哥，自己人啊。我叫何国贤帮你鉴定过了，我们这位托利亚同志人品绝对是过关的，长得又那么好看，眼睛那么大，睫毛那么长！”汪燕恨不得把整个手掌顶在眼皮上，模拟托利亚的眼睫毛忽闪忽闪的样子，“还有，他学历也高啊，是研究生，何国贤说，人家以后还要读博士呢，气象学博士，跟你爸爸一样！他跟你多合适！”

竺心藜这才明白汪燕今天把自己拉到这个舞会上真正的目的。她不知道说什么才好了。

托利亚和何国贤也在说悄悄话，不时地朝竺心藜和汪燕这边瞟一眼。

竺心藜心里很不舒服，她毕竟才十九岁，谈恋爱这种事从未进入过她的思考范围，更不用说跟一个来自异国的男人谈恋爱。碰巧她从在机电部工作的邻居张伯伯那里听说过，苏联专家在中国工作的时间一般都不长，顶多一年，他们就会轮换回国。这个托利亚在这么短的时间里，居然还打算找个女朋友，他的心思哪儿会放在学习和工作上？这么一想，她不禁白了托利亚一眼。托利亚不提防被她瞪了一个正着，满脸困惑地看着她。

第二天是星期日。开学一个多月了，竺心藜第一次从学校回家。平时一到周末，北京本地的同学都回家打牙祭了，她还留在宿舍里。因为回家也是一个人。她有些害怕那座并不大却空荡荡的院落，害怕那里到处存在的关于爸爸妈妈的回忆，害怕看到爸爸亲手种下的那一丛丛月季，又开出五颜六色寂静无语的花朵。

快到家门口时，竺心藜站住不动了。

她远远看见院子前站着一个人，面朝着她家紧闭的大门。那人高而瘦，头发花白，身穿蓝色中山装和黑色裤子，手里夹着一只黑色皮革公文包，看装束是一个普通干部，没有什么特别的地方。

竺心藜打量着他的背影，心里有个猜测，脚却迟迟不敢走过去。

过了一会，那人转过身来，和竺心藜打了一个照面。

他那张戴着金丝眼镜的白而清瘦的面庞上顿时露出笑意："心藜！"

"林叔叔！"

时隔四年，竺心藜再次见到了林有松。

"我一个星期前就到北京来了。可工作实在太忙，根本没有休息的时间。一直想来看你，却抽不出空来。"林有松坐在竺家的客厅里，一边对提着暖壶走进来的竺心藜充满歉意地说着，一边四下看了看。这里的陈设并没有什么变化，只是墙上多了一幅镶了黑纱的竺润生夫妇的合影。而钢琴的琴台上摆的那张他们三人的照片依然在那里，相框干净得发亮，钢琴的布罩却落满了土白色的灰尘，看起来很久没有人动过了。

竺心藜正翻箱倒柜找茶叶，注意到林有松的视线落在钢琴上，就笑着说："我不会弹钢琴，那个原来是妈妈弹的，现在没有用了，我正想把它卖了呢。"

"卖？为什么？你缺钱吗？心藜，你有什么困难，一定要告诉叔叔。"

"不是的，物尽其用嘛，放在家里挺浪费的，不如把它交到有需要的人手里。我能有什么困难哪，一个人吃饱了全家不饿。"竺心藜用一副小大人的老练口气说道。

林有松看着走来走去为自己准备茶水的竺心藜，歉疚地说，"心藜，你别忙了，快来坐下，跟我聊一聊。"

竺心藜冲好一杯花茶端过来，轻轻放在林有松对面，这才坐到凳子上。

“林叔叔，家里没什么可招待的，您先喝杯茶，一会我去买菜，今天中午就在这儿吃饭吧。”

林有松目光凝聚在她尚存稚气的脸上，想起上一次来的时候，竺太太也说了这句话，叹了口气：“你父母的事情，我没有及时得到消息。后来我给你写了很多信，你收到了没有？我托人来这里找过你好几次，可是家里一直没有人。”

“我收到了，林叔叔，还有您夹在信里的钱。我也回过信的，可是寄过去总是地址不对。我……那时候，有好一阵子，我都是住在同学家。”

“是这样啊，我一直都很担心。现在好了，亲眼看到你好好的，我就放心了。”

“您都不知道我到底收到信没有，为什么还总给我寄钱啊？”

“万一你能收到呢？照顾你是我的责任。只是，对不起，我没有好好地尽责。”

“哪儿啊，林叔叔，我很好，有很多人帮助我，邻居的叔叔阿姨都会来照顾我，学校的老师同学也帮了我很多忙。您寄来那么多钱，我花都花不完。我什么都不缺。”

林有松看着她，欣慰地点头道：“心藜，你真的很坚强。”

林有松已经从南京调到北京，来到中科院地球物理研究所做气象研究工作。上一次到北平来跟竺润生见过面之后，他就去上海住了一段时间。实际上，那次他到北平来，也并非出公差，而是为了向跟自己同为留美气象学博士的竺润生确认一件事：是否要去台湾。

1948 年的那个夏末，一个蝉鸣如急雨的下午，他正在办公室写论文，突然接到了教育部某长官的电话。电话里，一个客气而又冷冰冰地打着官腔的声音告诉他，南京失守在即，他必须随时做好准备，跟随宁江大学校部转移，接他的飞机很快就到。

“转移”的目的地，对方没有说，可他也猜得到。最近这一年来，在战场上节节溃败的民国政府早就零敲碎打地逐步迁往了台湾，能搬走的财产他们都搬走了，知名的科学家自然也在拟定的搬家清单之上。他们什么也不愿意留给新政权和这个几成废墟的国家。

但林有松早就决定——就留在这里，哪儿也不去，不去美国，更不去台湾。十年寒窗，二十年钻研，他所付出的一切艰辛，都是为了创造这个国家的未来。国家的未来在哪里，他就要在哪里。

他知道这个决定会给自己带来什么后果。放下电话，他匆忙回家收拾了简单的行李，安排了太太孩子回老家去，自己悄然离开了学校，登上前往北平的火车。

让他高兴的是，从竺润生那里，他得到了想要的答案。

在晚饭后长聊的那个晚上，竺润生坚定地告诉他：不走。

“有松，我们是科学家，我们所从事的事业，需要一个强大的国家，也必将造就一个强大的国家，”竺润生目光炯炯地对林有松说，“多少年来，我一直在盼望着，盼望能走遍祖国的每一寸山河，亲手测量那里的风雨，亲手记录那里的温度、湿度，掌握所有的数据，再把这些变成我的武器，去跟自然灾害这个魔鬼作战，把它从中华大地上赶走！让我们的老百姓好好地种庄稼，吃上大米白面，过上幸福的生活！这是我们这样的科学研究者存在的意义！现在，这个机会来了，我相信，我知道，我能感觉到，机会真的来了！我要留在这里，做我该做的事！”

林有松看了看坐在钢琴边的竺太太，看到她的眼中噙着的热泪闪闪发亮。他握住竺润生那双微微颤抖的手，郑重地说道：“润生，还记得我们上船去美国的那天吗？我站在甲板上，看着码头越来越远，码头上的人，越来越小，在那个时刻，就像你说的，我真真切切地感受到，我，存在的意义是什么——就是我正在离开的这片土地，还有这片土地之上的天空。如果我不再属于它们，我便不再是我。”

竺太太微笑着走过来，把手放在他们两人紧紧相握的手上。

晚餐是两碗西红柿鸡蛋面，加一碟子剥得干干净净的蒜瓣。竺心藜把面端上桌的时候红着脸说道：“林叔叔，对不起，我……只会做西红柿鸡蛋面……”

林有松拿起筷子来吃了一大口：“好吃！我就是想看看你饭做得怎么样。”

“怎么样啊？”

“三个字，非常好。”

竺心藜笑出声来："那您多吃点。"

两人一边吃面，一边聊着。林有松问道："心藜，你现在在北京大学气象系，学习还顺利吗？"

"挺好的，我才刚入学一个多月，一年级专业课开得不多。"

"你们系有没有苏联来的专家？"

"有。"竺心藜想起了托利亚，不禁皱了皱鼻子。

林有松好奇地问："怎么了？"

"没什么，我只是听说有，没有见过。"

"哦，心藜啊，我跟你说啊，苏联的气象科学是走在世界前沿的，比我们国家要先进很多，我们要向人家好好地学习。"

竺心藜嘴里含着一团面，连连点头。

"现在，国家正在组织年轻学生到苏联去留学。一般都是从二三年级的大学生里挑选，名额不多，机会很难得，我建议，你到了二年级就努力争取能去苏联留学。"

"我？能行吗？我们班上很多同学，都是1949年前就入党入团的，我那会还只是一个普通的中学生……"

"你那时候不是也积极参加革命了吗？忘了？半夜三更出去贴传单，差点让特务抓了，多勇敢啊。"

竺心藜憨憨一笑："我那是跟着同学……"

"心藜，我们建设国家，光有革命热情还不够，还得有科研能力。你爸爸说过，你读中学的时候，数理化学得特别好，你有底子，有基础，所以一定要在专业上，更加严格地要求自己。”林有松严肃地说。

竺心藜放下手里的面碗，拿手背抹了抹嘴，用力点头道：“我知道了，林叔叔，到时候我一定争取去苏联留学。”

三、在金色的莫斯科

1956年9月，一列火车从北京出发，穿行在广袤的北部大地上，一路向东北方向呼啸而去。

竺心藜坐在自己的座位上，默默地看着窗外逐渐变化的景色。火车经停边境小站满洲里时，坐在她身边的一个女同学突然抓住她的胳膊说道："竺心藜，我们再往前走，是不是就到苏联啦？"

竺心藜看了看她，这个名叫沈萤的女同学是学哲学的，南方人，说起话来绵绵软软的。不过她的性格却不是这样。竺心藜和她集中培训的时候住一个宿舍里，对她那风风火火的脾气颇有了解。

"我听带队老师说，再往前的一个车站叫奥德堡站，那里就已经是苏联境内了。不过要到莫斯科，还得走好几天。哦，对了，进苏联之前，我们的火车还得换轮子呢。"

"为什么呀？"

"因为苏联的铁轨比我们的宽。我们国内的火车轮子开不上去。”

“果然是老大哥，连铁路都比我们造得宽哦!”沈萤赞叹地说道。

竺心藜笑了笑没说话。

“你说，莫斯科是什么样的啊？我就看过电影，不知道那里的生活到底什么样，听说那儿的女人冬天都穿裙子，她们不怕冷啊?”沈萤倒没注意到她的表情，兴致勃勃地问。她是一个对任何新事物都充满兴趣的人，有一张圆圆胖胖如苹果的孩子气的脸，看上去永远都是天真烂漫的样子。即使身上穿着组织配发的中规中矩的藏青蓝毛料西服套裙，那偏分的刘海和两条细细的小麻花辫儿，也还是让她的脸稚气不减。

“听说她们穿很厚的羊毛袜。”

“羊毛袜？羊毛还能做袜子？我们老家的袜子都是棉线做的。再说，袜子再厚，能当棉裤穿?”

竺心藜摇头道：“我也不清楚啊。我不是跟你一样没去过苏联，只看过电影和纪录片嘛。”

“你不一样，你跟你们系那个年轻的苏联助教，不是挺熟的吗?”

“谁说我跟他熟啊?!”竺心藜不高兴地说道，“我和他可什么关系都没有！再说，他早就回国了。”

“哦……好啦好啦，我知道啦。”沈萤看她有点不高兴，吐了吐舌头不敢再说，把头缩回去了。

一声长长的汽笛鸣响之后，列车又开动了起来。

竺心藜看着车站上逐渐退后的人们，想起临出发前，林有松带着一个大大的挎包来为她送行。林有松郑重地把一只价值不菲的金笔放在她手上说道：“心藜，祝贺你成功地考取了留苏名额，马上就要去留学了。当年我去美国的时候，也是你这样的年纪，你还记得我说过吗？我在二十岁的时候，选择了一个既不能当官也不能发财的专业，但这个专业，是我们的国家所急需的，现在，你也做了和我，和你父亲一样的选择。这支笔，是我替你父母送给你的。”然后，他从挎包里掏出一条绿底小白花的丝绸连衣裙和一顶系着粉红缎带的软檐草帽：“这个，是我送给你的。苏联的衣着习惯跟我们这里不一样，特别是莫斯科，那里是国际化的大都市，还保留着很多欧洲的风气。你不妨入乡随俗，穿得洋气点。苏联比我们更靠近北极，夏季很短暂，但夏日的海滨非常美，你到了那里，不光要努力地学习，还要抓紧时间，享受美好的假日。”

想到这里，竺心藜靠着车窗玻璃，脸上露出微笑。

火车在苏联境内的奥德堡站停靠时，中国乘务员全部下车，换上了一水的苏联乘务员，深目高鼻的姑娘在车厢里穿梭来往，餐车供应的食物也变成了令许多人无法下咽的面包黄油乳酪，大家这时候才开始感受到，自己真的已经离开了祖国，正在前往异乡。

西伯利亚原野上到处都是茂盛的植被，可是所望之处却显得十分荒凉，几乎没有人烟。竺心藜听见邻座的同学们在议论，苏联才是真正的地大物博，土地又多又肥沃，种地的人却不够，据说已经有很多中国劳工被派遣到这里来，开垦耕地，种植庄稼。

列车在比较大的站停车时间稍长，中国留学生们整齐划一地下车活动腿脚。车站里候车的苏联人对这些年轻的中国人十分好奇。竺心藜发现，他们看到的苏联老百姓里，青壮年男人很少，妇女却很多，连给列车加水加煤保养的铁路工人，也多是女性。集训的时候她听老师说过，卫国战争（苏德战争）时，苏联的青年男子大量伤亡，现在整个国家都是女多男少。看着这些好像已经忘记了该如何梳妆打扮，穿着工作服像男人一样甩开臂膀干粗活的女工们，她心里百感交集。

“二战”已经过去十年了，可战争留下的创伤还在隐隐作痛。幸存的人们就带着这样的痛楚，勇敢地继续生活着。在这个从世界大战的战后废墟中重新焕发生机的星球上，每一个地方的人民都莫不如此吧。

某一天的清晨时分，列车行驶到贝加尔湖车站，停了十五分钟。留学生们都早早醒来，洗漱一新下了车，赞不绝口地欣赏铁路边那美丽的湖光山色。竺心藜和沈萤一边看一边咬耳朵。沈萤说道：“哎，你知不知道，这个地方，就是苏武牧羊的所在。”“苏武牧羊？”“对呀，《汉书》上说，苏武出使匈奴，被匈奴人囚禁，‘啮雪与旃毛并咽之，数日不死。匈奴以为神，乃徙武北海上无人处’，这个海，指的就是我们眼前的，”她把手往前一划拉，“贝加尔湖。”

竺心藜笑着说：“匈奴千年前已灰飞烟灭，那我们可在此告慰苏武了。”“对对！不但要告诉他匈奴已灭，还得告诉他，一个社会主义新中国建立了！”另一个同学端着一杯热茶从她们身边走过，听见她们的对话，忍不住扔下一句：“人家苏武好好地回汉朝了，又没有死在这里，你们在这里告慰他，他哪儿听得见啊。你们还是告诉李陵这个投降派软骨头吧，好好寒碜寒碜他！”两人哈哈大笑起来。

这时，一个戴头巾的老大娘挎了一篮子鸡蛋踽踽行来，站在竺心藜和沈萤对面，还对她们笑眯眯的，似乎想聊聊天。两人忙止住笑，都紧张地挺直了身子，心里又害怕又期待。果然，老大娘叽里咕噜地开了腔，竺心藜勉强能听懂，她问的是：“孩子们，你们是不是中国人？”

在北京集训的时候，所有的留苏预备生都经过了高强度的俄语突击学习，由苏联老师授课，大部分人的基本会话还是勉强过关的，只不过熟练度还有待提高。沈萤偷偷推了推竺心藜，意思是让她回答。竺心藜只好硬着头皮用俄语答道：“是的，大娘。”

“你们去哪里？”老大娘话匣子一开，可就没那么容易打发了，接茬问道。

“我们去莫斯科。”

“哦？去莫斯科做什么呀？”

“去上大学。”

“你们这样的年轻姑娘，跑到那么远的地方上学？”老大娘很吃惊。

“不光我们，大娘，”沈萤这时也鼓起勇气说道，“我们的同学有好多呢。”

老大娘四下一望，惊讶得眉飞色舞：“真的，这一车都是中国人……你们为什么要去莫斯科上学？那里真的太远了，我都没去过。你们从中国来，得走多少天啊！我的天，这太苦了！”

竺心藜笑着说：“大娘，不苦，我们是来向苏联人民学习的，高兴还来不及呢。”

“真是好孩子，”老大娘怜爱地看着她们，“我的女儿要是还活着，也像你们这么大。她也常常说，要去莫斯科上大学。”

竺心藜和沈萤不敢接话了。

“打仗的时候她死啦，”老大娘叹了口气，“唉，要是没有德国人，我家里肯定有三个大学生。”

“三个大学生？”沈萤忍不住问道，她拿不准自己听对没听对——她只听到老大娘提到一个女儿。

“是啊，我还有两个儿子，都参军了，再没回来。我的孩子们个个学习特别好，准能考上大学。”

沈萤又偷偷吐了吐舌头，这是她每次说错话的习惯动作。竺心藜看着那笑容满面的老大娘，不知该说什么。虽然她也经历过战争，但那时候她还是个小孩子，父母把她放在大后方的乡村，没有让她跟随一起流亡，对战争的残酷，她的感受并不能与眼前这位失去了三个孩子的母亲相提并论。

要上车了，竺心藜和沈萤向老大娘告别，回到了车厢里。老大娘隔着车窗对她们大声说道："孩子们，到了莫斯科，好好学习呀!"

她们忙不迭地招着手，连连点头。

经过一个星期的长途旅行，竺心藜他们终于到达了终点——莫斯科。留学生们带着被晃得晕晕乎乎的脑袋下了车，一辆车把他们接到中国大使馆。

大使馆专门设有留学生管理处。管理处安排好了各个学校早一两年就读的中国留学生来领人，竺心藜跟沈萤分了手，被一位学长带到了莫斯科大学地学系。她所在的班级已经开学好几周了，有大概二三十个同学，班长是个与她年纪相仿的女孩，一头随意扎起的红色卷发，满脸俏皮的雀斑，戴着一副大大的黑框眼镜，看长相是个小可爱，但不苟言笑，板起脸的时候有点不怒自威的感觉。竺心藜在办公室等她的时候，听老师们说起过她的名字：柳博芙·安德烈耶夫娜。

"你好，竺心藜。你可以叫我柳芭。"当柳博芙·安德烈耶夫娜走进系办公室，看到竺心藜时，语气亲切、脸上却不带笑容地说。

柳芭是柳博芙的昵称，这个名字，在俄语里是"爱情"的意思，不过竺心藜看她的表情和眼神，一点都没看出浪漫的气质，只觉得这个女同学好严肃，似乎不太容易接近。

"你的俄文名字是什么，竺?"柳博芙问道。

竺心藜有点害羞地回答道："我……还没想好……"

柳博芙"哦"了一声，抬起一只手捏住下巴，上上下下端详着竺心藜，然后两手一拍：“你叫‘薇拉’吧！我一直都想有个叫薇拉的妹妹，可惜我妈妈生的全是弟弟。”说着，她嘴角露出难得的一丝笑纹。

竺心藜知道薇拉是俄罗斯姑娘常用的名字，暗暗担心跟太多人重名，不过一想柳博芙是自己的班长，初次见面，不好意思驳她面子，就点头道：“好的，安德烈耶夫娜同学。”

“亲爱的，叫我柳芭！”柳博芙上前挽住竺心藜的手臂，用一双湛蓝的大眼睛诚挚地看着她，说道，“薇拉，走，我们去上课吧！”

留学生活开始之后，竺心藜和所有中国学生一样，被语言压得喘不过气来。最初的一个多月里，老师讲课，她只能听懂大概百分之三四十，其余的课程内容，只好借同学的笔记回去自学。

让竺心藜感动的是，柳博芙早就注意到了她的困难，不用她开口，一下课就主动把笔记本往她面前一放，而且，柳博芙笔记上的字迹非常整齐好认，每个字母都写得清清楚楚。竺心藜知道，平时她写字不是这样的。俄文的草书，对初学俄语的外国人来说跟天书没什么区别。柳博芙随手写的字也是相当潦草。她显然是为了让竺心藜能看懂，刻意把笔记写工整了。通过这些暖意十足的小事，竺心藜很快就明白了，柳博芙那冷峻的冰雪美人外表下，有一颗格外善良温柔的心。

柳博芙的家就在莫斯科，按照学校本地学生不分配宿舍的规定，她不住校。一个星期五，下课后她突然对竺心藜说：“薇拉，我请你周末去我家吃饭!”

竺心藜一愣：“这……不太好吧。”

“怎么不好?”柳博芙疑惑地问。

“我……我听说你家人口挺多的。”竺心藜怕自己给人家增添麻烦，又不知道该如何表达。

柳博芙笑了：“一顿饭我妈妈还是请得起的，薇拉，说好了，周末到我家来，我有个朋友想见你。”

“啊?”竺心藜一下子想到了当年汪燕把自己拉去跳舞的事儿了，马上决定拒绝，“我周末……周末……哦，我们周末开会，中国留学生……开会……”

柳博芙歪着头看着她：“薇拉，你不会说谎。就这么定啦，到时候我来接你。”她朝竺心藜挑了挑眉毛，转身走了，一边走，一边挥了挥手。

第二天上午，柳博芙真的来到了学生宿舍。竺心藜实在无法推辞，只好跟着她回了家。坐了好长时间的公共汽车，好不容易才到了柳博芙家的门口。这是一栋新建的楼房，楼门前还有一个不大的庭院，沿白漆木栅栏种植了一溜玫瑰花丛，枝叶修剪得错落有致，可以想象，夏天的时候这里的景色会多美。

听到有人喊“柳芭”，柳博芙和竺心藜抬起头来，见二楼的一个阳台上，三个男孩正看着她们。其中的两个，和柳博芙一样，长着一头火红火红的头发，脸上布满雀斑，看上去都是十几岁的样子，穿着同样款式的高领毛衣，而另外一个，竺心藜一看到就被惊住了——那分明是已经一年多没见的托利亚。

托利亚和在北京时相比，几乎没什么变化，连发型和衣着都是老样子，淡金色的发梢清爽地垂在额前。他望见竺心藜，脸上便绽放出灿烂的笑容，转身进了房间。

柳博芙用胳膊肘碰碰她："认识吗？"

竺心藜把嘴凑到她耳边问："你说想见我的朋友，难道就是他吗？"

柳博芙点点头，笑着说："他一听说你跟我是同学，就逼着我请你来做客。"

"可……他跟你是……"竺心藜想问他跟你是什么关系，还没来得及问出口，托利亚已经快步从单元门口走了出来，来到她跟前伸手过来用汉语说道："竺心藜同学，好久不见了！"

竺心藜迟疑地跟他握了握手。她还没有完全弄明白现在到底是什么情况。托利亚直视着竺心藜的脸，目光灼灼，这种略有些放肆又不加掩饰的喜悦，也让竺心藜不安。其实这样突然地再次见到他，她也并没有不开心。但那是一种什么感觉，她无法对自己说明，只觉得心脏一阵隐秘而紧张地跳动。

柳博芙拉过竺心藜，对托利亚说道："喂，你别这样傻瞪着薇拉看好吗？她都不好意思了。"

"薇拉？"托利亚问，"竺心藜同学，你有俄文名字了？"

竺心藜点点头。

“那我可以这么叫你吗?”托利亚笑着问。竺心藜尴尬地说道:“可以吧……”

“但这个名字一点都不适合你。”托利亚说。

柳博芙不高兴地说道:“怎么不适合她了?这个名字多美。”

“我就知道是你给她取的,柳芭,你的品味真差劲,竺这么特别的女孩子,你给她取的名字太普通了。你的审美真是,我说你呀,你简直就是这个家里的异类。”

“哈,我是异类,那你是什么?”

“我?我当然是这个家里最标准的产品了,你看,我画的画都被拿到市里去展览了呢。”托利亚得意地说。

“老天爷,上小学的时候画的一幅画,都读博士了还挂在嘴边?你可真要脸。”

“那怎么了,总比画条鱼被别人看成在画麻雀的人强吧?一画画你的手就抽筋,你画的等压图,你们老师能看懂吗?”

柳博芙朝托利亚一瞪眼,拽着竺心藜走进了楼门。“等等我啊!”托利亚对着她们的背影喊道,柳博芙头也不回。

柳博芙拉着竺心藜的手飞快地上了二楼,推开一扇房门走了进去。这是一套典型的莫斯科居民公寓,里面的陈设齐备而简洁,墙上挂满了照片。竺心藜没顾得上细看,她见柳博芙满脸涨得通红,连鼻子上的雀斑都变色了,知道她是真的在生气:“柳芭,你跟托利亚是兄妹吗?”

“谁要跟那种粗鲁的男人做兄妹!”柳博芙咬牙切齿

地说。

“那你们……”

柳博芙意识到自己在发脾气，有点不好意思，无奈地笑了笑：“我们是一起长大的朋友。说实话，大概对他来说，也跟兄妹差不多吧。”

“他不是你家的孩子？那他为什么说他是这个家的……产品？”

“因为这个混球从小就在我家蹭饭吃。他父母在很远的地方工作，一直都把他托付给我妈妈照顾。”

竺心藜看着柳博芙。说到托利亚的时候，柳博芙那双蓝色的瞳孔里，好像跳动着两簇小小的火苗——她敏感地发现，那并不是因为柳博芙在生托利亚的气。

“柳芭，”竺心藜小心翼翼地说道，“我喜欢薇拉这个名字。而且，我跟托利亚也不怎么熟，我们只是在北京时见过几次面，他是我好朋友的男朋友的好朋友……”她掰着手指头数着，生怕把这个复杂的关系说岔了。

柳博芙被这话逗得笑了起来，她拉着竺心藜的手说道：“好啦，别介意这些。今天我叫你来又不只是为了他。其实，主要是我妈妈也想见你。”

“你妈妈？”

“我妈妈是个画家，她很久以前在中国的北平生活过。对那里很有感情的。对了，北平现在叫北京了是吧？”

“对呀，我就生在北京，长在北京。”

“来吧，我领你去见见我妈妈！”

柳博芙把竺心藜拉到一间房间门口："妈妈，我的中国同学来了。"

几秒钟之后，门"砰"的一声就打开了，一个身材丰腴、脸庞精致、一头红发的中年妇人兴高采烈地迎了出来。

"多漂亮的中国姑娘！"她一把抱住竺心藜，在她脸上亲了好几口，"太漂亮了！像个瓷器娃娃！"

竺心藜被这突如其来的热情弄得不知所措。她记得大使馆的同志叮嘱过，如果到苏联同学家去做客，一定要落落大方，体现出新中国青年的良好素养。她定定神，也抱了抱这妇人，用尽量爽朗的声音说道："您好，安德烈耶夫娜，很高兴见到您！"

妇人捧住她的脸，一副爱不释手的样子，满脸带笑地说："你叫我安娜吧。你是我女儿的好朋友，也就是我的好朋友。快进来坐下。"

竺心藜和柳博芙随她一起走进这间房间。这是一间书房，三面墙壁都是码得满满的书架，全是各类文学和科学书籍，而唯一能体现主人画家身份的，是放在窗口旁画架上的一幅尚未完成的油画。那是一幅静物写生。竺心藜对艺术的认识仅仅处在一个业余爱好者的阶段，但她也能看出，这画上的花束和水果，构图优美巧妙，色彩浓烈而自然，一看就是出自高人之手。

她迅速地在自己记得的苏联著名画家名字里搜索着——安娜·安德烈耶夫娜，有这么一位吗？突然，她想起北京集训的时候，曾在一本苏联画报上看见过一幅卫国战争题材的油画插图，描写了一支坚守斯大林格勒的红军小队最后一个士兵牺牲时的场景，那神圣悲怆的画面，曾让她热泪盈眶。画家的名字，是安娜·彼得罗夫娜·安德烈耶夫娜。

难道柳博芙的母亲就是那位画家？可是画架上未完成的油画，风格与她看过的那幅油画完全不一样，她不敢确定那是同一个人的作品。

“请问，您的中间名是……”竺心藜试探地问道。

柳博芙的母亲微笑着回答：“彼得罗夫娜。”

“啊！就是您！我看过您画的《巷战一日》！那作品真了不起！”竺心藜兴奋地跳了起来。

“真的吗，我太荣幸了，”安德烈耶夫娜谦逊地说道，“那是我根据我丈夫给我讲的故事画的。我一般不画人物画，那次是深深地被感动了。”

“您丈夫？”

“是呀，就是柳芭姐弟三个人的父亲。你看，房间里这些书，大部分是他的。他是一个文学家。战争的时候他参了军。斯大林格勒保卫战的时候，他就在那儿。有一天，他在信里给我写了一个故事，有一小队红军战士在巷战中全部牺牲了。那封信，是他最后的作品……当我读到那封信的时候，他也已经牺牲了。”

“对不起……”

“不不，没关系，亲爱的，这种事，那时候发生的太多了，不算什么。”安娜笑着说，“来吧，给我们说说你。”

“我？我没有什么可说的，我只是一个普通的中国学生。”竺心藜红着脸说道。

“你家在哪儿?”

“北京。”

“柳芭告诉过你吧，我也去过北京。那时候它还叫北平。那是一个非常美丽的城市。我还出过一本关于北京的画册呢，哪天找出来给你看。”

“我听柳芭说过了。我很想看。”

“你父母呢？他们现在还住在那儿吗?”

竺心藜摇着头：“没有，他们五年前去世了。”

安娜愣住了，她立刻转过头嗔怪地对柳芭说：“你说你，怎么不早告诉我这些，害得我说了这么冒失的话!”

柳芭一摊手：“这个事我也不知道啊!”

“天哪，柳芭，你还是当班长的呢，怎么这么不关心同学?”

“可是薇拉从来没跟我说过她父母都……”

“嘘！嘘!”安娜赶紧打断她。

竺心藜连忙笑着说道：“柳芭，安娜，你们别这样，已经过去很久了。我不在意的。”

安娜站起身，走到她面前，一把将她揽进怀中：“可怜的孩子!”

唏嘘了一会，安娜把竺心藜放开，重新坐回自己的椅子，问道：“亲爱的，我能不能问一问，你父母是怎么去世的呢？按说他们年纪也不大。”

柳博芙鼓起眼睛来看着安娜。竺心藜也有点哭笑不得，刚才安娜还在责怪柳博芙没提前告诉她自己父母已经不在人世的事，就这么一会儿，她又问上了。看来这个外表细腻的女画家，其实是个粗线条性格的人。

竺心藜一边整理着被安娜弄乱的鬓发，一边说道：“那时我和我父母都在南方的老家，那里是靠近长江的一个平原地区，经常发生洪灾。那年雨季洪水暴发，他们被冲走了，我被村里人救起来，没有死。”

最近这一两年来，竺心藜已经很少去回忆洪水来袭时的恐怖情景。那是1949年的夏天，中国各地都发了大洪水。竺家居住的村庄就在长江中游的一座山脚下。一个看似平静的黄昏，灾难就那样突然发生。山洪像成群野兽冲下来，一栋接着一栋摧毁村庄里的房舍。竺心藜和父母住的老屋也没有逃过，在洪水中几乎没有声音的粉碎了。母亲的身影瞬间消失，浸在水里不知多久后，父亲最终也松开了她的手，被一阵看似平缓却不可抗拒的巨流带向远方。

“心藜，活下去！”他最后的声音伴着死亡的水声回荡在她的脑海里。

竺心藜很长时间里都不知道，为什么父亲会突然带着全家回到他十三岁就离开，再也没有踏足过的故乡小村，直到林有松找到她，跟她说起了他和她父亲之间的一个约定——“无论如何，要留下来。留下来，建设新中国。”

在那个小村庄里，竺润生默默地等待着。他坚信自己的梦想即将在这片土地上开出灿烂的花海。

“太不幸了。”安娜又哽咽着想站起来去抱竺心藜，柳博芙忙阻拦道："好了，妈妈，我们该吃饭了，你今天给薇拉准备了什么呀?"

安娜惊叫了一声："抱歉！我还没做主菜呢！柳芭，你带薇拉去跟弟弟们玩儿吧，等我一会。托利亚也在这儿，你看到他了吧?"

柳博芙翻了个白眼，安娜笑着说："你们俩又吵架了?薇拉你瞧，这两个孩子大概上辈子一个是猫一个是狗，一见面就你咬我我咬你。"

竺心藜笑出声来。

柳博芙的两个弟弟和托利亚坐在客厅的沙发里。看到姐姐和那个中国姑娘从母亲房间出来，弟弟们嬉笑着拍了托利亚一下。托利亚站起身迎着她们走过去："我猜安娜阿姨又忘记做饭了。"

"你饿了吗?"柳博芙问道，"厨房冰箱里应该还有点面包。"

"柳芭，我想跟竺心藜同学，你的薇拉，单独说几句话。"托利亚诚恳地说道。

竺心藜用求助的眼神看着柳博芙，柳博芙把脸一扬，叉着腰说道："闪一边去。"

竺心藜偷偷瞥了托利亚一眼，见他脸上露出失望的表情，连忙把目光收回来。

柳博芙不再理托利亚，指着两个弟弟对竺心藜说道："这个是亚历山大，那个是叶甫根尼，他们俩都是超级的捣蛋鬼。我告诉你们，不许欺负薇拉，听见了没有?"

年纪稍长的亚历山大做了个鬼脸："才不会呢，我们要是欺负她，托利亚会揍我们的。"叶甫根尼听了这话，捂住嘴吃吃笑起来。竺心藜说不清为什么，脸一下子红了，柳博芙抓起桌上的汽水瓶盖朝他们连连击发："两个坏家伙！跟你们说了不许欺负她了！"兄弟俩欢叫着连滚带爬逃回了自己的房间。

好在吃饭的时候气氛还比较和睦，柳博芙和托利亚不再斗嘴，托利亚也不总盯着竺心藜看了。柳博芙谈起了学校的事，亚历山大和叶甫根尼也聊了聊他们中学的各种新闻。竺心藜静静地听着，从中大致了解了安德烈耶夫娜家的情况：安娜是莫斯科艺术研究院的研究员，亚历山大兄弟俩一个在上高中，一个在上初中。安娜的丈夫去世后，她也没有再结婚的打算，一个人抚养三个孩子，很不容易。

安娜虽然个性粗枝大叶，但饭菜做得十分可口。吃过饭，竺心藜把自己准备的小礼物送给了安娜，那是一个她从北京带来的景泰蓝小花瓶。安娜高兴地收下了礼物，又紧紧地抱住她，亲了半天都不撒手，幸亏柳博芙把她救了出来。

四、熔岩般沉默的爱情

竺心藜坐在从安德烈耶夫娜家回学校的公共汽车上，看着车窗外掠过的莫斯科的街景，默默地出神。

可能因为这难得的休闲时光，她的脑子不知不觉放空了，暂时忘记了学习上的种种困难和压力，思绪一游离，竟不由自主地想到了托利亚。

那次迎新晚会之后，随着课业逐渐紧张，竺心藜似乎把托利亚这个人给淡忘了。说来也奇怪，虽然托利亚担任的是气象学系的助教，她却从来没有在课堂上见过他。不过，这个帅气的年轻苏联专家在学生中，特别是女生中知名度很高。竺心藜也曾听说，他主要的工作是跟着自己的导师到处考察，在学校里待着的时间并不多。

汪燕又约她出来过几次，每次她都找借口拒绝了事，就怕她还是为了给自己介绍男朋友。自从林有松嘱咐她一定要争取去苏联留学，她把全部的精力都放在了学习上，一天恨不能 24 小时都泡在教室和图书馆里，连去食堂吃顿饭都嫌浪费时间。除了留学选拔的各种消息，她几乎什么事都不关心。

大学一年级下学期的一天，竺心藜照例在图书馆抱着一本外文专业书，一边查字典一边看，汪燕突然在她身边坐下，非要她出去一趟。

“大忙人，我可是找遍了整个校园好不容易找到你呀。就十分钟，就跟我去十分钟嘛。”平时总是一副老大姐模样的汪燕用几乎是撒娇的口气恳求道。

“你找我到底什么事？”竺心藜一边埋头查着单词，一边小声问道。

“就是……就是……那个托利亚同志，他要回国了。”汪燕伏在她耳边说。

竺心藜一愣，放下手中的字典，斜了她一眼：“他回国就回国呗。”

“人家想见见你。”

“他见我做什么，我不去。”

“心藜，求你了，我们何国贤答应帮他约你，你要是不去，我们何国贤多没面子。”

竺心藜一听这话，气不打一处来：“你们何国贤凭什么答应帮他约我啊？”可是看看汪燕那眼巴巴祈求的目光，她又不忍心了。“他见我有事吗？”

“没有没有，就是告个别嘛。”

“只是告个别？”

“当然，那还能有什么别的想法啊？”

“那……好吧。可是，我有条件，到时候你得陪着我，不准走。”

“我向毛主席保证，我绝对不走，陪你到底。”汪燕抓起她的手，笃定地一握，用力一点头。

竺心藜不情不愿地跟着汪燕离开图书馆，来到约定的地方——气象学系的教学楼门前。何国贤和托利亚坐在台阶上，看到她们来了，两人都站起身。何国贤还用三根指头轻轻地拍了拍蓝色裤子上的土。他即使身上穿着最普通的卡其布中山装，还是那副西服革履的劲儿。

“竺心藜同学，你好。”托利亚老老实实地站在竺心藜对面一米远处，彬彬有礼地点头问候道。看样子，确实也没什么别的意图。

何国贤给汪燕使了个眼色，汪燕会意地点点头：“心藜啊，你们聊着，我和何国贤先去吃饭了。”

竺心藜震惊地“啊”了一声，怒视着她，她只好把头缩进领子里，一脸“十二万分对不起”的表情，扯着何国贤的袖子走了。

托利亚看竺心藜脸色铁青，笑了笑：“他们骗你来的？”

竺心藜撅起嘴来：“没有。”

“你很喜欢噘嘴啊。”

“我？有吗？”竺心藜抬手摸了摸自己的嘴，忙把双唇抿住。

“竺心藜同学，我马上就要回国了。我不希望在心里留下的只有你不高兴的样子，你能不能对我和善一点呢？”

“托利亚同志，那我祝你一路平安，回国以后，工作顺利，万事如意，身体健康，长命百岁。你不是来跟我告别的吗？现在我们告过别了，就这样吧，再见！”竺心藜一口气说完，转身就要走，托利亚叫住了她：“请等一下。”

“还要干嘛？”

托利亚从口袋里掏出一叠照片：“这个，送给你。”

竺心藜看看照片又看看他，好奇地接过来，照片上是非常美丽的湖畔风光，看得出是在同一个地方拍的。

“这是哪里？”

“前不久我去了一趟青海，考察那里的冻土带。这就是措温布湖——哦，我们说起过的吧——青海湖。”

竺心藜一张张翻看着这些照片，忍不住喃喃自语：“青海湖……真美。”她在画报上也看见过一些青海湖的风景照，但托利亚给她的这些，能看出摄影者独特而宽广的视角。

“这是谁拍的？”她边看边问。

“我。”

“你技术不错啊，拍得真好。”竺心藜赞叹地说道。突然，她眼神定住了。

这叠照片的最后一张并不是风景，而是人物，画面上，一个梳羊角辫的女孩子正用胳膊肘撑在窗台上，探头向外眺望着什么，初秋柔和的阳光照着她[illegible]真秀气的脸，勾勒出额头鼻尖和下巴的优美线条。

从衣着上看，这是她入学的那天，站在气象学系的楼道

里时的样子。可是她完全不记得当时有人在给她拍照——不，她根本就不知道有人在给她拍照。

“你这叫偷拍吧?”她举起照片质问道。

托利亚讪讪地点头。

“你怎么能这样呢?”

“对不起，我只是正好从那里经过，然后正好看到了你，而且正好手上拿着相机，我就忍不住拍了一张。洗出来之后一直想给你的，但没有机会。你好像总在躲避跟我见面。”

“谁躲避……不是，你没事为什么拍我?我们又不认识，哪有你这样的。”竺心藜皱着眉头说。

“我真的不是那种喜欢躲在暗处拍女孩子照片的人，你不要误会，再说胶卷也挺贵的。我就只‘偷拍’过这么一次。我觉得你，你很……很……”

“很什么?”竺心藜追问。

“我说不好——很特别?你很特别。那天你的样子，我印象深刻。你非常美，但你的美不仅仅在于外表。”托利亚坦诚地说道。

竺心藜沉默了一会，把一只手伸向他：“给我。”

“什么?”

“当然是底片!”

托利亚连忙点点头：“我忘了。”他又从裤袋里掏出一张胶片：“给。”

竺心藜一把抢过：“哼，我不问，你还不给了呢。”

“我拍这张照片的时候，你在想什么，能告诉我吗?”托利亚问。

竺心藜目光一暗：“没在想什么，与你无关。”

公共汽车停在一个小车站，车门打开，托利亚甩着耷拉到眉端的金发刘海，气喘吁吁地上了车。他把外套搭在肩上，白衬衫的前胸后背都湿透了。

他径直走到竺心藜身边的空座位，一屁股坐下。

“我也要回学校，”托利亚迎着竺心藜讶异的目光说道，“我住校，真的。”

然而竺心藜的疑问并不是这个。她从安德烈耶夫娜家出来的时候，叶甫根尼正让托利亚给他辅导数学作业里的一道难题。就算他想回学校，也不应该出现在这辆公共汽车上。

但她什么也没说。

她再懵懂也能想得到，他是用两条腿跑着追着车上来的。而他追车的理由，只有一个。

她把头转过去，假装继续看窗外。天空正在飘零星的小雪，这是莫斯科的初雪。在这极北之地，冬天果真来得特别早。

“请你把外套穿上吧，这样会感冒的。”她平静地说。

“竺心藜同学，你不会是又生我的气了吧?”托利亚探过头想看到她的表情。

“你说什么呢? 我什么时候生过你的气?”竺心藜扭头不满地瞪着他说。

托利亚“扑哧”一声笑了：“这就对了，我还是比较习惯看到你对我一脸鄙视的样子。”

“你……”竺心藜咬了咬嘴唇，不知如何回话，她没想到托利亚离开中国这么久，汉语竟然反而进步了，在斗嘴方面，她似乎越发不是他的对手。

“怎么样，你的留学生活还顺利吗？”

“不劳你操心，我很好。”

“那你要不要问问我这一年多过得怎么样？”

“不要，我没有兴趣。”

“这一年我都在西西伯利亚平原上跑来跑去，像一匹发疯的骆驼。”

“哦。”

“暑假的时候我们一起去吧？去西伯利亚的大农场。我敢保证你从来没见过那么大的农场。”

“不去。”

“先别那么快拒绝，可能到时候你根本无法拒绝呢？”托利亚嘴角挂着暧昧不明的笑意，作势要把头凑过去。

“安纳托利·伊万诺夫·彼得洛维奇同志，如果你再这样，我就要下车了。”竺心藜突然改用俄语厉声说道。她现在的俄语已经流利到足以表达内心的怒气了。

托利亚却丝毫没有被她的语气吓住，反而惊喜地说：“你还记得我的全名？我真是太高兴了！”

车这时正好进站停下，竺心藜果断地站起来往车门口走去。托利亚赶紧跟着起身，前排的一个老头从他的报纸上抬起眼来，对他说道：“我说小伙子，追求这样矜持的姑娘，你需要更多的耐心。”

托利亚朝老人敬了个礼，连跑几步，赶在车门关闭之前追下了车。

只不过一会的功夫，雪就越来越大了。竺心藜裹紧了身上的大衣，还是感觉到刺骨的寒意。她第一次领略俄罗斯的冬季，跟北京完全不是一个等级。

“真冷啊，”她想起托利亚只穿了一件衬衫外加一件外套，不由得打了个寒战，“不愧是土生土长的俄国人，够耐寒的。也难怪，他这人脸皮那么厚，身上的皮也肯定厚，保暖。”她被自己脑子里的胡思乱想给逗乐了，边笑边偷偷回过头，猛然发现托利亚就在自己身后，便停下脚步。

在纷飞的雪花中，两人对视着。

过了一会，竺心藜忍不住了，连珠炮般的叫起来。

“你到底为什么要这样对我?”她问道，“你干嘛要一直跟着我?你干嘛要柳芭带我去她家?你干嘛要追我坐的公共汽车……”

“别嚷嚷嘛——我没告诉过你，我看到你的第一眼就喜欢上你了吗?”托利亚目光注视着她，挪动脚步向她走来，“好吧，也许上一次在北京的时候我没有说清楚，那现在，在莫斯科，我重新说一遍——竺心藜同学，我喜欢你。我看到你的第一眼，就喜欢上了你。而这种喜欢，并没有在我离开你的这段时间里消失或是变少。”

竺心藜愣住了，突然有点后悔刚才一时冲动，冲他喊出那些问题。对他那俄罗斯式的直白和坦率，她不是早就有所领教了吗？干嘛要自己挖坑往里跳啊！

看着他的身影越来越近，她心中升起一股无处逃遁的恐慌。

“可我是来学习的，不是来谈恋爱的，”当他走到面前时，她紧急地想到了回应的话，眼睛看着他的胸口低声说道，“我没有时间……也不能这样做……”

“我不需要你的时间，也不需要你做什么，我只需要你允许我喜欢你，允许我在你身边出现，这样我就满足了。”托利亚又再靠近了一些。竺心藜已经可以感受到他身体散发出来的热量。

她慌忙转身：“我……我允许不了任何事。”

“我就把这当作默许了好吗?”托利亚问道。

“不。”竺心藜扔下一个字，转身拔腿便跑。

“谢谢，谢谢你的默许。”托利亚那明朗带着笑的声音穿过雪花的密阵，传到竺心藜的耳畔。竺心藜一边狂奔一边懊恼地想，这个人到底听不听得懂中国话?

那天之后，竺心藜一连几个星期都没有再见到托利亚，听说他又跟着导师去考察了。

柳博芙又邀请她去过她家好几次，她和安娜、亚历山大和叶甫根尼都变得很熟络。安娜还自告奋勇教竺心藜画画。竺心藜本来就是个绘画的爱好者，上中学的时候参加过美术社，也打下了一些素描底子，能得到这样一位著名画家的指点，自然是求之不得。她赶紧买齐了全套画材，每次到安德烈耶夫娜家，都要钻进安娜的书房，跟着她画一会儿静物写生，有时候安娜还带她出去画风景。看过了竺心藜的几幅作品，安娜直夸她有天分。

柳博芙在学习上也一直在帮助竺心藜。她们成了越来越知心的朋友。不过竺心藜心里总有个事儿放不下，那就是托利亚。她看得出来，柳博芙对托利亚的喜欢，早就超越了青梅竹马的童年友情。托利亚的表白虽然并非是她所愿，她也没有接受，但多少给她带来了一些心理负担，好像自己有点对不起柳博芙似的。

一天，柳博芙和竺心藜在房间里聊天，两人终于谈到了托利亚。

“关于那个人嘛，我希望毕业以后能和他结婚，”柳博芙一脸严肃地说，“当然，前提是你和他没有结婚。”

竺心藜一愣，她看了看柳博芙的脸色，觉得她既不是在开玩笑，也不像是在给她下某种通牒，只是用她一贯的认真态度，在表述一个客观事实。

“柳芭，你说什么呀，我怎么可能跟他结婚呢?!”

“为什么不可能？你们留学生里就有跟苏联人结婚的，有的留下来了，有的带着苏联的配偶回中国去了。”

“不会的。我不会做这种事的。”竺心藜把头摇得像拨浪鼓。

“怎么了，亲爱的，难道你觉得我们这里的男人没有魅力吗?”柳博芙狡黠地微笑了一下。

“柳芭，我是到这里来做学生的，等我毕业了，我就会立刻回我的国家去。先不说我和托利亚同志之间，有没有成为伴侣的感情基础，就说我们各自的环境和条件，也不能允许我们有这方面的想法。再说，我们来的时候，对这个问题组织上特别叮嘱过，我们是有纪律的，纪律！柳芭，你是学生干部，你该懂得纪律是什么。”竺心藜拿出自己最老成认真的劲头，对柳博芙一字一句地说道。

柳博芙歪着脑袋看着她，过了一会才说：“薇拉，我真是太喜欢你了，你是个多么可爱的姑娘啊。可是你呀，你对爱情，简直一无所知。”

“我怎么一无所知了？”竺心藜不服气地说。

“爱情跟环境跟条件跟你说的那个纪律，有什么关系呀！普希金说过，‘理智在爱情面前，是沉默的’，你知道这话的意思吗？这样吧，除非你能看着我的眼睛告诉我，你对托利亚一点感觉都没有，否则，我觉得你的这番表态，没有什么说服力。”

“我……”竺心藜把脸一转，双眼正对着柳博芙的眼睛，张了张嘴。

柳博芙眨着她的蓝色大眼睛等待着。

竺心藜迟疑了十几秒，不自觉地把视线稍微挪开了一点：“我对托利亚同志没有那种……那种感觉。”

柳博芙轻轻扬起眉毛，苦笑了一下，不再说什么了。

在莫斯科大学的第一个暑假来临之前，竺心藜终于明白了托利亚说的去西伯利亚“无法拒绝”是什么意思——中国留学生团支部组织所有在莫斯科的共青团员暑假到西伯利亚帮农场工人割麦子，虽说是自愿报名，但除了正在生病和有学习任务实在走不开的同学之外，留学生们几乎都去了。竺心藜也报了名，她确实也想体验一下苏联大农场的生活。父亲和林叔叔当年都曾梦想成为农业专家，这在她的心里早已栽下了一颗种子。农业和气象就像一对孪生兄弟，不可分离。她对田野和庄稼，有一种天然的亲切感和探索欲。

在前往西伯利亚的火车上，竺心藜遇到了许久不见的托利亚。当然，其实是托利亚主动从他的车厢跑过来找她的。不用问，他也报名参加了这次义务劳动。苏联的大中学生一直以来都有在农忙季节去农场劳动的传统，这是众所周知的。这次义务劳动，不仅仅是中国留学生团支部的活动，也有不少苏联同学参与。

等到托利亚跟竺心藜打完招呼，开开心心地回自己车厢去了，坐在竺心藜身旁的沈萤才开始呼吸："乖乖隆地咚！我的个亲娘，这个男同志长得好帅哟！心藜，他是谁呀？"

竺心藜面无表情地说道："是我们系的博士生。"

"天哪，这么帅的博士生，简直是……哎，他是不是在追求你呀？"

"别瞎说！"竺心藜瞪了她一眼，厉声说道，"我跟他就是普通的同学关系，最普通的那种！"

沈萤惊叫道："普通同学关系，那就普通同学关系好了嘛，你这么凶做啥啦……"

“谁要你胡说八道的。”竺心藜沉着脸说。

沈萤一吐舌头：“在北京你有个苏联助教，在莫斯科你有个博士生同学，心藜呀，你跟苏联特别有缘分呢。”

竺心藜狠狠打了她一记：“闭嘴！”

沈萤吃痛，不敢再说话了。

竺心藜气哼哼地把头转向窗外，心里叫苦，缘分？沈萤哪儿知道她说的这两个根本是同一个人。她和这个托利亚之间，到底存在着什么样讨厌的缘分啊！

火车走了整整五天才到达目的地。学生们又被拉上一辆大卡车，晃了十几个小时，精疲力尽之际，才终于来到一家国营大农场。

迎接他们的是几位胖乎乎的大嫂。苏联战后劳动力极度匮乏，农场职工大部分都是妇女，因此，每到耕种收获的时节，来帮忙的学生都是最受欢迎的。尤其是其中的男生，农场女工对他们都是众星捧月一般。胖大嫂们一眼就看见了在人群中十分醒目的托利亚，纷纷飞扑了过去，轮番抱住他亲几口，接着，她们还打算亲中国的留学生，把一群男生吓得一边笑一边躲。

领头的女工穿了一件灰色棉布衬衫，下面扎着一条红色的裙子。身体像个壮实的圆球，横竖一样宽，两条粗壮的胳膊架在身体两侧，放都放不下来。她脸上有一双浅褐色的眼睛，睫毛又长又密，像两把羽毛扇子直忽闪。因为长期的风吹日晒，她的面颊总浮现着两片红晕，神情增加了些许羞涩，再加上那弯翘的圆鼻头，使得她显得十分年轻，看不出真实岁数。这女工名叫娜佳，是这里的妇女主任。

娜佳等大家的欢迎之情表达得差不多了，就开始干脆利索地给学生们安排住宿。男生和女生都住在一个大仓库临时腾空出来改成的宿舍里，墙角还摆着各种农具。中间的空地上，男生一溜大通铺，女生一溜大通铺，两边隔着一道草帘子。看到这样的“宿舍”，竺心藜脸都白了——她不是怕这里条件艰苦，而是怕跟托利亚离得太近。至于为什么怕，她也说不清楚。

她不由自主地偷眼看了看托利亚。托利亚正站在离她不远的谷仓角落里，似笑非笑地看着眼前这长长两排简陋的床铺，似乎并没有任何惊讶或意外。他转过脸，对身边站着的一个中国男生说道：“我每年都参加这样的义务劳动，这种通铺我很熟悉。放心，大家挤在一起睡，不会冷的。不过你们要记住，不能单独到外面去，特别是夜晚的时候。夜里原野上可能有狼群，如果遇到游荡的孤狼，那就更可怕了。”

“狼！”几个女生听见他说的话，惊叫起来。

托利亚对她们笑着说道：“这里是西伯利亚，到处都是森林，当然有狼。不只是狼，还有熊呢。”

“熊！”女生们又异口同声地惊叫道。

“你们不用害怕，”娜佳抱着一大捆木柴走进来——这是让他们夜里冷的时候生炉子用的——她听见学生们的议论，便安慰说，“狼和熊都不敢攻击人群，所以你们只要不乱跑，就什么事都不会有。好啦，天快黑了，你们就早点休息吧，明天一早，可要开始干活了！”

熄灯之后，四周变得无比黑暗。库房高高的天花板，也好像一点点升上了夜空。人们渐渐进入了梦乡。一阵阵鼾声响了起来。

“水……好大的水……爸爸！爸爸！”

竺心藜突然发现自己浸在冰冷刺骨的汪洋里，没有光，也没有人，死寂中，她只能听见自己的哭泣声。

“爸爸，妈妈！你们在哪儿啊！”

她用冻得麻木的胳膊划着水，四下张望，想找到父母的影子。

“心藜！”有人在叫她。

她循声望去，看到父亲和母亲站在水面上，脚踩着起伏的波涛，身上湿淋淋的，但脸却微笑着。

“心藜，”母亲温柔地说道，“快醒醒吧，醒过来就不冷了。”

“妈妈……”

“心藜，要好好活下去。”父亲用鼓励的目光看着她说道。

“我一个人……怎么活……”她哭着，低低地说，“我还是个孩子啊！我害怕！”

“不要怕，”父亲弯下腰，握住她的手，一股热流从手指传到她心里，“有你林叔叔，他会照顾你的。”

“我想要你们照顾我！”

“当然，我们也会照顾你。无论什么时候，只要你看到蓝色的天空上有美丽的白色的云，那就是我们了。心藜，你的人生还远未开始，你的道路会越走越遥远，不要去想终点在哪里，但记住你出发的地方。我的孩子，勇敢地走吧！”

父亲放开她的手，水流动了起来，带着竺心藜的身体，越来越急速地漂流，她张嘴想要呼喊，却猛然睁开双眼。

她正躺在干草铺成的通铺上，被子早已蹬掉，一只手大概是被睡在身边的人压麻了又松开，血液循环不畅，刺痛刺痛的。

听着周围此起彼伏连绵不绝的鼾声，她一时难以再次入睡。西伯利亚盛夏的深夜，虽然不冷，但在又大又空的谷仓里，依然有一种夜凉之气在贴近地面的地方浮荡，身体露在被子外面的部分还是能感觉到一丝寒气。谷仓外面果然有零星的狼嗥，似乎从极其旷远的地方传来，却又无比清晰。睡觉前她只吃了些面包，也许是因为刚刚睡过一觉，头脑比之前更清醒，躺着躺着，肚子就饿了起来。她赶紧重新裹好被子，闭上眼睛，希望培养一些睡意，好赶走饥饿。

可是睡意迟迟不来。半个小时过去，她已经饿得前胸贴后背。眼睛不管睁着还是闭着，前面开始飘过一盘盘热气腾腾的菜，有鱼香肉丝，有红烧肉，有虎皮蛋，有奶油烤杂拌，中西荟萃，还都围着她的脑袋直打转，简直要把她逼疯了。她觉得自己从来没有这么饿过。没办法，她把身上的被子一推，小心地坐了起来。

身边的人都睡得死死的。她轻手轻脚退出被窝，朝放行李的地方走去——她的旅行袋里有一听饼干，就是为了预备着半夜充饥的。最近可能是学习太刻苦的缘故，她每天都饥肠辘辘，特别是在晚上。

行李堆在靠近谷仓大门的地方。刚把包打开，摸索到饼干桶，竺心藜就听见门外一阵奇怪的响动，好像有人在外面聊天，却听不清楚说的什么。听声音，是个女人的窃窃私语。她按捺不住好奇心，便走到仓库门边，小心地透过门缝朝外面张望，朦胧的月色下，竟真的有晃动的人影，而且是两个。那是一男一女，女人还发出嘤嘤哭声，男人低沉的声音在小声安慰她。

竺心藜不假思索，正要推门出去看个究竟，身后一只手伸过来，顶住了门板。同时，一个声音在她耳边轻轻地说："不要去打扰人家嘛。"

竺心藜立即就听出了那是托利亚，所以没有被吓一跳，只是回过头问道："他们是什么人啊？"

"我不知道。是你的同学吧，刚才我看见他们出去的。"

竺心藜想不出来会是谁。

"别躲在这儿偷听了，要是待会发生了什么不宜被人看到的情况，可怎么办。"托利亚小声说。说时迟那时快，只见门外的两个人影忽然贴合了起来，成了一整块紧紧纠缠的黑影。

竺心藜慌忙把眼睛一闭，飞快转过身，心跳得咚咚响。

托利亚看了看外面，又看了看她，差点笑出声："你干嘛?"

竺心藜不敢说话，只是摇头。

"他们只是拥抱而已，就把你吓成这样?"

"不跟你说了!"竺心藜又羞又恼，逃了回去。

她快步回到自己的铺位躺下，想赶快睡觉。但糟糕的是，这会她的意识比刚才更加清醒，两只耳朵完全不受控制地竖着，能听见仓库里的每一丝动静。她听到托利亚慢慢悠悠地踱回男生通铺的声音，过了一会，门吱呀一声开了，一团细碎的脚步声从外面进来，在门口不远处分成两股，各自回到男女生的通铺。竺心藜把紧闭的眼睛张开一条小缝，借着房梁的气窗处落下来的一点月光，她看到一张圆圆的脸闪了一下。

"沈萤?"她诧异地想，"竟然是沈萤? 这怎么可能! 她跟谁啊?"

她这么惊讶是有原因的。沈萤并不是单身。她已经结婚了，丈夫是同乡的一个村小教师，在北京集训的时候，经常给沈萤写信。沈萤还给她念过呢。听得出来，那个男人虽然文化水平不高，但性格温良宽厚，字字句句都流露着对妻子的关怀。沈萤偶尔在信里跟丈夫闹点小脾气，新的来信准能让她笑逐颜开。沈萤告诉她，他们俩从小在一起长大，自然而然就恋爱结婚了，感情好得没话说。

不谙世事的竺心藜曾经想，爱情大概就是沈萤和她丈夫那样，细水长流，心心相印，有一点点任性，和很多的包容。有时候，她也觉得，柳博芙和托利亚那种的青梅竹马两小无猜的关系，才是爱情真正的源泉，而托利亚对自己的激情，太过于奔放炫耀，总让人怀疑是昙花一现，靠不住。

可是刚才亲眼看见的那一幕，撼动了她心里对“爱情”这个神秘事物的想象。

到底什么样的爱情，才是真正的爱情?

五、西伯利亚的轻风

第二天一早，娜佳就来叫大家起床了。等所有人快速地洗漱完毕，各自分配了农具，便被分成若干个小组，领到了任务。这时他们才知道，为什么昨天到达的时候农场女工们激动成那样。原来，预定要来的联合收割机前几天坏在了路上，到现在还没修好。田里的麦子再不割，就全都要倒伏了，那可是农场的工人们辛勤劳作一年的成果。

竺心藜和沈萤被分配在一个小组里，同组的还有两个男生，一个是在莫斯科柴可夫斯基音乐学院读音乐史专业的硕士生，叫李彤，是个很有艺术家气质的年轻人，有一双修长纤柔又不失骨感的漂亮的手，戴的是看似价格不菲的金丝眼镜，色泽金黄、形状小巧的镜框衬托出他脸孔的雪白细嫩，从容貌上看，就是个讨人喜欢的大男孩。

另一个男生和竺心藜是同校的同学，读莫斯科大学化学系本科，人长得很高大，黑黑壮壮，眼镜片比啤酒瓶底还厚，挂在鼻梁上，光线一折射，眼睛又大又圆，看起来就有一种喜感。竺心藜跟他并没有什么来往，只知道他叫余广良，在国内时读的是清华大学。

这两个男生，竺心藜都不熟悉。

他们四个人的任务是收割五十亩地里的麦子。沈萤听完娜佳的工作分配方案以后，舌头吐出来老长收不回去。她不敢公开抱怨，等散了会，便扒着竺心藜的耳朵偷偷嘀咕：“我在老家都没收过这么大一片的庄稼呢，心藜，就我们四个，哪能行啊？要不然，你再去跟娜佳说说，给我们多派些人手吧。”

竺心藜为难地说道：“大家分到的活都差不多，哪一组还腾得出人啊。我们还是不要说了，抓紧时间去干活吧。”

沈萤看她不想跟娜佳交涉，只好嘟着嘴，拿了把镰刀满脸不高兴地往地里走去。余广良见她这样，便凑过来说道：“沈萤，你怕是不习惯做农活的吧？没关系，待会我和老李多干点，你们女生少干点。”

沈萤嗤地笑了一声，又白了他一眼：“谁说的，我天生就是农民，家里往上数几代都是种地的，我怎么会不习惯做农活。”

余广良被抢白了，有点尴尬地笑笑：“那好，那好……”他又转向李彤：“老李呀，听说你从小拉小提琴，水平很高，那你割麦子的时候要小心，万一伤到手可就麻烦了。”

李彤轻轻一推眼镜，面无表情地说：“无所谓，我有慢性腱鞘炎，早就不拉小提琴了。”

竺心藜看余广良两头被呛，自讨没趣，着实觉得好笑，强忍着不敢笑出来。

四个人一边说一边往分配给他们的那片田走去。这时，身后传来呼唤声：“竺心藜！竺心藜！等等我！”几个人回过头，见托利亚举着一把镰刀喊着，飞跑了过来。

竺心藜心里叫苦，不知道他又闹哪一出。

托利亚追上他们，喘着粗气说：“我来跟你们一组。我跟娜佳说了，五十亩麦子，就你们四个人，还有两个是女生，根本不可能完成的嘛。”

沈萤拍着手叫起来：“太好了，太好了！那个……彼得洛维奇同志啊，你太体贴了！”

竺心藜听见沈萤说到“体贴”两字，脸上忽然一热，暗暗地骂了自己一声：“神经病！”连忙低头，脚下加紧走了起来。

余广良对托利亚笑着说：“哎，不对呀，大家的任务都不轻，你怎么就到我们这组来？你是来帮我们的，还是另有所图？”

托利亚不解地问：“什么叫‘另有所图’？”

余广良正要说话，李彤一扯他：“你闭上嘴吧。这位同学，你不要管他，谢谢你呀。你的中国话说得可真好，在中国待过？”

托利亚向李彤伸出手：“我是莫斯科大学地学系的安纳托利·伊万诺夫·彼得洛维奇。我在北京大学工作过两年。”

“李彤，柴可夫斯基音乐学院。”

两人握了握手。余广良连忙也过来跟托利亚握手：“我叫余广良，我也是莫斯科大学的，回去以后，欢迎你到我的宿舍来玩。”

等待他们收割的麦田就在农场的最边上，靠近森林，风景美极了。一棵棵高大的冷杉挺立在田野的旁边，树与树之间的幽暗缝隙里，静静地吹来凉爽的微风，拂过发梢和面庞，令人感到十分舒服。那一把握住麦穗，唰唰地割下来的感觉，刚开始的时候也是新鲜愉悦的。因此他们几个起初还都有说有笑，特别是余广良和沈萤，追着托利亚叽叽喳喳问个不停，好像两个户籍调查员。

大约两小时以后，五个人就陷入了沉默。他们再也顾不上说话，动作也越来越机械。竺心藜两只手心已经磨破了，整个手掌火辣辣的疼，腰像灌了铅水越来越重，根本直不起来。她偷眼看看其他人，从表情上可以判断，他们也是一样，快要累趴下了。

太阳越来越高，暴晒的感觉也越来越强烈。林间吹来的风还是很清凉的，吹在身上却丝毫减轻不了灼热，额头上的汗珠像瀑布一样滚滚冲过眉毛，淹进眼睛里，刺痛刺痛的。竺心藜正在犹豫要不要提议歇一会，托利亚高声说道：“我们休息一下吧！”

沈萤立即欢叫着响应：“好，好！休息休息！休息休息！哎呀我的妈呀，我都站不住了！”余广良叉着腰站在自己刚割完的一垄麦茬前，欣赏了片刻，扭头对沈萤说道：“女同志们歇吧，我们男生还可以再干一会！是不是呀，老李！”

李彤早已经上了田埂一屁股坐了下来，听了余广良这番鼓动，他冷冷地答道："我不行了。等会儿再干。"他不知何时戴上了一副劳动手套，这时便摘下来，轻轻地活动着手指，从动作上看，余广良说他从小练习小提琴，所言非虚。

沈萤也拉了竺心藜来到田埂上。余广良一看没人在田里了，只好跟着来到田边坐下。

他们从各自的挎包里拿出水壶喝水。余广良人高马大，果然体力充沛，尽管劳作了这么长时间，却还能拿得出精神来跟托利亚聊天，从他的老家、童年经历聊到在大学里的衣食住行，喋喋不休。也许是因为托利亚一开始露了露自己的中文，余广良理所当然地对他用起了中文对话，尽管托利亚的汉语水平确实不错，想要跟上他跳跃不定的思维还是有点吃力。

"托利亚，你父母是做什么的?"余广良开始了新一轮的询问。

托利亚说："他们是气象观测员。"

"哦，那你是子承父业啦!"余广良嘴里又蹦出一个成语，托利亚听不懂，便问道："什么是……'子承父业'?"

沈萤在一旁帮忙解释："就是说你继承了你父母的职业。你不也是学气象的嘛。"

托利亚点点头："哦，是这个意思呀。对，那我的确是'子承父业'。"

"是你父母让你学这个专业的吗?"

"不是，专业是我自己选的。"

“为什么呀?”

“因为我很小的时候就知道，一个国家非常需要气象。”托利亚说。坐在一边的竺心藜听了这句话，不由得看了他一眼。没想到，托利亚选择专业的理由跟自己一样。

“国家需要的专业多啦，你选气象，一定有什么特别的理由吧?”沈萤问。

托利亚只是笑笑，没有回答。

“你说你是独生子，那看你的年纪，你父母应该还没退休吧?”余广良紧接着问。

“没有。”

“他们在莫斯科跟你一起生活吗?”

“不，他们在摩尔曼斯克。”

“摩尔曼斯克?”余广良困惑地重复了一遍，“好耳熟的地名，那是在哪儿啊?”

李彤喝了口水，慢悠悠地插了一句：“摩尔曼斯克在北冰洋岸边，北极圈里。”

“哇!”余广良和沈萤不约而同大叫了一声。

竺心藜记得柳博芙说过，托利亚的父母都在很远的地方工作，她倒没想到，原来有那么远。难怪托利亚从小在别人家长大，父母都无法照顾他。

“气象观测员是做什么的呀?”余广良问道。

竺心藜和托利亚同时回答：“用观测仪器记录天气数据的。”说完，两人对视了一眼，竺心藜脸一红，忙低下头。托利亚笑着补充道：“气象部门建了很多地面和海上气象站，每个气象站都配备了观测用的仪器，有人每天定时记录这些仪器的数据，这样的人就是气象观测员。”

余广良说道：“哎！这个工作好，每天抄抄表，很轻松嘛是不是！哈哈哈……”他大笑起来。

托利亚摇摇头：“这个工作一点也不轻松。气象站就像是整个气象系统最基本的细胞，必须足够多，才能支撑起整个体系。有些地方人不会去，但风和雨会去，那里也要有气象站。很多高山上、海岸边、沙漠中的气象站规模很小，周围甚至没有人居住，如果没有外界补给，连生存都成问题。我父母工作的气象站，一直就只有他们两个人。从他们二十几岁开始做这个工作的时候，就是如此。即使在战争时期，他们也没有停止过观测，因为这是他们的职责。而且这个工作非常地枯燥，却要坚持做很多很多年，每天都要做得完全一样，一点都不能有变化。我想这不是所有人都能承受的。”

看到托利亚的脸色认真凝重，余广良不觉尴尬起来，也不敢再接话。竺心藜见气氛突然变得奇怪，忙站起来打圆场：“好啦，我们也歇够了，还是继续干活吧！”托利亚默默拿起放在地上的镰刀，转身走向麦田。

看着他的背影，李彤幸灾乐祸地笑了笑：“余广良，知之为知之，不知为不知，你最好不要随意评价你不了解的事物。”余广良满脸的不服气，但也不知道该怎么反驳，只好瞪了他一眼。大家也都收拾起各自的镰刀，准备下地。

这时田里远远地传来喊声。几个人循声望去，只见托利亚站在麦浪中，一边朝着他们挥手，一边喊着什么，因为声音不是很大，而且只有短短的几声，所以听不出是什么意思。余广良自语道：“他怎么了?”沈萤也左右看看竺心藜和李彤，问道：“他在喊什么啊?”还没等他们明白过来，托利亚转过身，向着森林的方向走去了。

李彤觉得不对劲，四下张望了一圈，找了块田埂边的大石头站上去，几秒钟后他就跳了下来，拔腿往农场场部狂奔。余广良更茫然了，急忙朝他的背影喊道：“到底怎么啦?”

李彤头也不回地甩下一句：“熊！有熊!”

听了这话，竺心藜立即也跳上了那块石头，踮起脚来望着麦田，眼前看到的景象让她惊呆了——只见托利亚身后的麦穗里，一头大棕熊露出头和脊背，正晃晃荡荡地紧跟着他。余广良这时也站了上来，同样看到了这一幕，吓得倒吸了一口冷气：“我的娘唉！真的有熊！田里真的有一只熊！托利亚为什么往那边走啊?！那边是林子啊！那是熊的老窝啊!”

竺心藜焦灼地小声说：“他要把熊引回林子里去……”

“啊？那……那……那他被熊追上岂不是必死无疑？哎！哎！竺心藜！竺心藜你干嘛去?!”

竺心藜早已一头扎进了麦田，奋力向熊和托利亚跑了过去。

跑着跑着，竺心藜清楚地看见了熊的背影。就在这时，她敏锐地意识到风向变了，刚才她是逆着风，现在她变成了顺风跑。她想起之前在书上看到过的一段文字：熊的视力很差，所以人们管它们叫熊瞎子，但熊的听觉和嗅觉极其敏感，能准确地找到顺风而来的猎物。

她立即站住，不再往前跑，紧张地看着离自己不到百米的那头大棕熊。

果然，大棕熊也停下了。它摇摇摆摆地转过身，向竺心藜这边走来。竺心藜这时才发觉，这种隔着动物园笼舍的栅栏看起来毛茸茸胖乎乎憨态可掬的动物，在野外近距离地看，竟是如此恐怖。直面它时，每一根神经的末梢都能清晰地触摸到它周身散发出的令人不寒而栗的力量，它那狭长的脸上深褐色的小眼珠凶光毕露，透着猛兽所特有的不可驯服的野性和傲慢。当四个熊掌依次踏上地面时，静默无声，只有阵阵压碎麦秸的微弱声音，可是竺心藜分明感到，脚下的整块泥土都在随着它的脚步沉沉震动。她只能在这庞然大物面前咬紧牙关，定定地站在原地，竭尽全力控制自己不要尖叫逃跑。

托利亚继续走了一段路才发现熊不再追自己了。他回过头一看，见竺心藜笔直地站在麦穗中，眼睛死死地盯着熊。空旷田野上的烈风围着她旋转，不断掀起她的头发和衣角，而她看起来是那么瘦弱纤薄，好像一株柔美的小草在迎风飘舞。

眼看着熊在一步步向她逼近，托利亚用尽力气喊道："竺——心——藜——"

听见这几乎是撕裂肺部发出的声音，熊立即停下脚步。

过了一会，它再次慢慢转身，朝着托利亚走去。

“嗨！别走！别走！这儿有人！看这儿！”竺心藜也大声叫起来。熊听到她的声音，又停下来，可能是因为搞不清楚到底眼前有几个人，它开始不知所措，脑袋晃来晃去，这是熊的情绪即将变得狂躁的征兆。

“竺心藜，你别疯了！把熊惹急了可不是闹着玩的！”托利亚急得大喊。

突然，不知从哪里传来一声清脆枪响，森林里呼啦啦飞蹿起一大群鸟。大棕熊惊得高举前爪站了起来，接着又是一声枪响，熊立即伏下身子，撒开四蹄朝森林惊惶奔去，很快就消失在密林中。

等到再也看不见熊的踪影，竺心藜腿一软瘫坐在地上。这时她才发现自己身上的衣服里里外外全被冷汗湿透了，心脏雷鸣般狂跳着，好像一万匹马在胸口奔腾。

托利亚疾步走到她身边，伸出一只手：“起来吧。”她抬头看了看他，不由自主地握住了他的手。她发现他的手心也是冰凉冰凉的，有点湿。

“你很害怕吧？”她一边站起身一边强打精神问道，“手里出这么多汗。”

“当然怕啊，那可是一头真正的大狗熊，没准还饿着肚子呢，谁不怕呀。”托利亚依然带着笑，只是他脸上的笑跟平时不太一样，看起来有点腼腆。

余广良和沈萤也跑了过来，沈萤一把抱住竺心藜哇哇大哭。余广良看看托利亚，又看看竺心藜，没说话，拍了拍托利亚的肩膀，朝田埂上一指。

竺心藜和托利亚顺着他手指的方向望去，只见麦田边上站着一个老太太，肩上扛着一把巨大的双筒猎枪。

“孩子们!”老太太朗声喊道，“没事儿了！快上来吧！你们好样儿的啊!”

“太幸运了，真是太幸运了，”娜佳絮絮叨叨地说着，“要不是遇到了玛利亚大娘，真不知道会出什么事儿呢。”

竺心藜和托利亚已经回到了农场场部，正坐在办公室里，娜佳给他俩一人一个红红的大苹果压惊。竺心藜啃着苹果，偷偷看了看托利亚，他只是低着头，望着手里的苹果出神，好像在想什么，对娜佳连珠炮似的唠叨，他显然一个字都没听进去。

老太太坐在凳子上，两手拄着那支猎枪，微笑着说：“行啦，娜佳·伊万诺夫娜，你别再说啦。事情都过去了。”

这位玛利亚大娘就住在农场旁边的村子里，是一个经验丰富的老猎手。她今天正好在林子里打猎，听见从麦田传来的喊叫声，跑出来一看，发现一头熊在追两个年轻人，便抬手放了两枪，把熊吓跑了。玛利亚大娘从来不打熊，她和森林里的熊大多都认识，据她说，这头大棕熊是头母熊，最近刚生了两个幼崽，可能是因为在林子里没有找到食物，一时心急，不小心就溜达到农场这边来了。其实熊是很怕人的，一般不会跟人正面接触，今天的情况实属特殊。

玛利亚大娘对竺心藜说道："不过你们俩还真是了不起呢，我看见了，你们都想把熊吸引到自己这边，好保护另外一个。哦，太美了，真是太美了。"

娜佳好奇地问："什么东西太美了?"

"当然是爱情啊!"玛利亚大娘哈哈笑起来。娜佳也忍不住笑了。

竺心藜红着脸吃吃地说："不……不是的……我……我……"

托利亚扭过头，两眼闪闪发光地看着她，似乎在等她说下半句话。她不敢再说下去，低头沉默起来。

收割机到来之后，学生们的工作量也减轻了很多，参观大型联合收割作业的壮观场面之余，就只需捡捡麦穗，捆捆麦秸，和农场的工人们聊聊天，欣赏欣赏西伯利亚的美丽风光。

然而托利亚对竺心藜的态度发生了很大的变化。他不再随便跟竺心藜开玩笑了，两人在早起洗漱或是在农场里劳作时遇到，他总是显得不太自然。竺心藜不知道为什么，却也不能问。其实她对托利亚也是一样，每当想起遇见熊的那天自己不顾一切向托利亚跑去的情景，她就不由地想捶脑袋。可是，她觉得在内心深处，自己并不后悔当时那么做。

暑假的劳动很快就结束了。在回莫斯科的火车上，竺心藜还是和沈萤坐在一起。沈萤好像特别疲惫似的，几乎不说话，竺心藜默默地看着窗外，两人各怀心事，一路上都很安静，和整个车厢欢腾的气氛显得十分疏离。

车上的第三个夜晚，一直没完没了唱歌的几个同学也终于累了，靠在各自的座椅上沉沉睡去。竺心藜合了一会眼，却没睡着，再睁开眼时，身边没有人，沈萤不知去哪儿了。她等了好久，也没见沈萤回来，有些担心，便站起来往车厢连接处走去。

人们都已经进入了梦乡，竺心藜蹑手蹑脚走到车门边，果然看到沈萤面朝着窗外静静地站着。

“沈萤，你怎么啦?”竺心藜轻声叫她。

沈萤低下头，没有回答。

“最近你都不太有精神，是不是哪里不舒服啊?”竺心藜走近了一些，问道。

“没有，没什么。”沈萤哑着嗓子说。

竺心藜探头看着她的侧脸：“你……哭了?”

沈萤转过身，只见她双眼湿淋淋的，眼皮肿得老大，原本红彤彤的苹果脸，现在也浮着一层灰白的气色。

“你为什么哭？出什么事了?”竺心藜着急起来。

“心藜……”沈萤哽咽着说，“托利亚……托利亚是真心爱你的。”

“啊?”竺心藜一愣，“你突然说这些是什么意思?”

“你怎么不明白哪！那天，他拿自己当靶子，把熊从你身边引开，就说明他是真心爱你的！他对你真好！”

“哪儿有啊，他是为了保护我们几个人，并不是……”

“当然，他也保护了我和余广良，但是，谁都看得出来，其实他真正想保护的人就是你。”

“沈萤!”竺心藜皱起眉头来，这些都是她不想听到的，因为她心里明白，这是真的，“你干嘛啊？不要说这么没头没脑的话。”

“我只是……我一想到他为了你连命都不要，我就……感动得不得了……忍不住想哭……这才是真正的爱情!”沈萤说着说着又哭了起来。

竺心藜脑子里一闪念，她想起了到西伯利亚的头天晚上，看到沈萤在谷仓外和某个男生约会的情景，难道，那个男生是他？

她看着沈萤，很想问她到底发生了什么，但又不敢把心里浮现的那个名字说出来。

沈萤擦了擦眼泪：“心藜，有个人能这样爱你，你可要珍惜呀。”

“别说傻话了。我珍惜什么呀，我跟他毫无关系。这话还是对你自己说吧。你爱人不是很爱你吗?”竺心藜说道，“你才是要珍惜他。”

沈萤一愣：“你是什么意思?”

竺心藜慌张了一下，忙说道：“我就是说，你爱人多爱你啊，你看，他天天给你写信，盼星星盼月亮的，就等着你回家。好多人羡慕你俩呢。你可要对他好点，别整天就知道挑他的毛病，人家好着呢，你不要，有的是人抢着要。”说着，她笑了笑，想尽量把话说得轻松些。

“嗯，我明白谁真的对我好，我再也不惹我爱人生气了。”沈萤用力地点头，眼泪簌簌落下。

竺心藜觉得不必再说什么了，她揽住沈萤的肩膀，用沉默的拥抱安慰她。这时，她看到一个人在转角处露出了脑袋——因为那张脸上架起的金丝眼镜反射着车厢顶昏暗的灯光，竺心藜看不清他的眼神。她只能从他唇边的冷笑，隐隐感觉到他对眼前所见的人有一种可怕的冷漠和轻蔑。

竺心藜猜想，李彤那天看见熊自顾自拔腿就跑的行为，伤了沈萤的心。这也直接导致沈萤放弃了这段本来就不应该发生的感情。李彤可能对此很不满。

她没有提醒背对车厢的沈萤回头去看李彤的那张脸。她只是默默地想，就把这件事作为一个永久的秘密吧，但愿沈萤以后也不要再犯傻了。

接下来的整个夜晚，沈萤安心地呼呼大睡，竺心藜却辗转难眠了。“他为了你连命都不要……这才是真正的爱情!”沈萤的声音在她心里回荡着。她呆呆地凝望着车窗外，月光下，黑暗森林的轮廓随着列车的飞速行进而不停起伏着，就像她那越来越不平静的思绪。

无论她多么想否认，但理性告诉她，沈萤是对的。托利亚这个人真真切切地已经在她的心里，这是无法回避的事实。

这是爱情吗？是的吧……可她该如何处置这突如其来的爱情呢？在这个异国他乡，托利亚、柳博芙，还有她自己，他们这三个年轻人的情感世界交缠在一起，到底会发生什么样的天气？晴朗？阴霾？暴风骤雨？他们三个气象专业的学生，能应对好这让人不知所措的风云变幻吗？

她不知道。

她但愿自己永远也不会知道。

六、心中的玫瑰园

莫斯科的秋天短暂得令人难以觉察。冬天紧接着夏天来了。

柳博芙还是时常叫竺心藜去她家吃饭。安娜对她也仍旧那么热心，教起油画课来一丝不苟，竺心藜一进门就得先到画室坐下，不画完一幅静物小品不准吃饭，为此柳博芙和安娜吵过好几次。柳博芙让安娜别对竺心藜太苛刻，一向大大咧咧的安娜每到这时却无比认真地说，薇拉有画画的天赋，不要浪费了，她既然答应学，那就必须学好。

竺心藜再也没有在柳博芙家见过托利亚，柳博芙也很少谈起他。偶尔，在餐桌上，安娜和亚历山大他们会问起托利亚，问他最近在做什么，怎么都不来了。柳博芙便只言片语应付过去：听说他又出去做野外考察了，出国了，或者去哪儿哪儿了——具体情况她不清楚。

竺心藜忐忑不安地猜想她和托利亚之间是不是发生了什么，但并没有勇气向她打听。

她们在一起聊得最多的还是学业。竺心藜的语言关早已攻克，听老师讲课毫无障碍，也不需要柳博芙借笔记给她抄了。竺心藜问过柳博芙，本科毕业以后有什么打算，柳博芙说，她想去做候鸟方面的研究。

“难道你要放弃专业吗？你要改行去学动物学了？”竺心藜惊讶地问。

“当然不，气候与鸟类的关系，是一个全新的课题，我很感兴趣。我们生活在一个工业化程度越来越高的环境里，人类需要气候为经济和生产服务，可是地球上还有那么多动物呢，它们和人类一样，都是自然界不能缺少的成员。所以我想成为一个为动物的生存服务的气象学家。候鸟因为迁徙习性，受气候影响非常大，我觉得它们需要我。”柳博芙用认真的眼神看着竺心藜，微笑着说。

竺心藜敬佩地注视着侃侃而谈的柳博芙。这个红头发、满脸小雀斑的可爱姑娘比自己大不了几岁，可是她想问题的角度和方法总是那么与众不同，有着与同龄人不一样的深刻。

后来，竺心藜来到青藏高原上工作，在这里见到了成千上万候鸟返回栖息地的壮丽景观，由衷地感受到了人类能够与动物分享地球的那份喜悦和慰藉。

每当她站在青海湖边，望着飞翔在仙境般的湖水上的候鸟们时，就会想起柳博芙说过的那番话。作为一个成熟的气象学家，她已经完全地明白了柳博芙的理念：地球不是人类这个种群的私有财产，大气、海洋、陆地也不仅仅属于人类，只有做到了让人类和动物们能够平等和谐地共存在这个世界上，维持住这颗蓝色星球的生态平衡，科学家才算是真正地实现了自己的使命。

一个星期天的早上，大使馆一位姓张的工作人员突然出现在竺心藜的宿舍楼下。竺心藜得到消息，连忙跑着下了楼。她认识这位张同志，他是大使馆留学生管理处的。此人年纪也不大，大约三十多岁，个头敦实，脸上总带着和气又喜庆的笑意，眼睛弯弯细细，可能是太爱笑的缘故，眼角的鱼尾纹很深，把他的眼形拉得特别长。一个容易说话的老好人，这是张同志给人的第一印象。不过，竺心藜听很多同学说过，张同志过去在部队工作，非常讲原则，遇事从不和稀泥，个性跟他的外表截然相反。

“您找我？”竺心藜看到张同志，不自觉地紧张起来。

“竺心藜同学，我给你带来了一封信。”张同志笑着从公文包里取出一只黄色牛皮纸信封。

竺心藜接过信封，看到上面熟悉的字迹：“是林叔叔！”她惊喜地叫起来。到苏联的这一年多，林有松托人给她捎过好几次吃的穿的，可是写信却是头一回。曾有国内来的人告诉她，林有松正忙着一个全国性的物候调查项目，四处奔波，极少在北京逗留，那些捎给竺心藜的东西，都是他早早就准备好，在项目开始之前便已托付给了所有可能到莫斯科来出差的同事，嘱咐他们有机会就带过来的。

张同志看竺心藜拿着信笑逐颜开的样子，和善地问道：“是家信吗？”“是的！”竺心藜开心地说。“你父母不是都去世了吗，这信是……”“哦，是我爸爸的朋友，他一直都在照顾我。”“嗯，是这样啊。那……我先回去了，不打扰你看信。”“好，那您慢走，谢谢啊！再见！”竺心藜说着，一边喜悦地拆着信，一边转身走回去。

张同志踌躇了一下，叫了一声：“心藜同学！”

竺心藜回过头，有些吃惊：“怎么了？”

“有些事我想和你谈一谈。”

“什么事？”竺心藜感觉有什么不对劲，把信放下，小心地问。

“有人反映说，你和你们系的一位苏联的博士生走得比较近？”

“我？苏联博士生？”竺心藜的脸一阵红一阵白，好像做了什么亏心事似的，心扑通扑通跳起来。

张同志看她神情紧张，赶紧解释：“哦，你不要有心理负担，我只是想简单地了解一下情况，那也并不是什么大事，不重要。只是暑假的时候你们在西伯利亚劳动，有同学看见，那位博士生对你似乎表现出了明显的超出一般同学的好感。特别是你们出工的时候遇到熊，差点被袭击了，那位博士生为了救你，不惜自己跑到田里去引开熊。有这回事吗？”

竺心藜把手中的信塞进裤子口袋，老老实实地站直了，双手握在一起，低着头说道：“这事儿啊……我想您说的应该是安纳托利·伊万诺夫·彼得洛维奇同志。”

“真有这么一个人？他是谁？”

“他是我们系冻土带气候专业的博士研究生，他的导师就是那位非常有名的冻土区气候研究的权威专家斯米尔诺夫。是这样的，我和彼得洛维奇同志在北京的时候就认识，那时候他和他的导师一起在北京大学工作。我们算是……熟人吧，朋友的朋友……后来我到苏联来留学，我们又遇到了。他和我的同班同学柳博芙·安德烈耶夫娜是从小一起长大的，所以，我去安德烈耶夫娜同学家做客的时候，偶尔会跟他见面。在西伯利亚劳动的时候发生的那件事，不是您听说的那么回事——情况是这样的：当时，我们在田边上的休息时间刚结束，正准备继续收割麦子，他一个人先进了麦田，所以他第一个发现田里有一只大狗熊，然后就示意我们都不要过去，他自己往森林走了——站在麦田边上的还有其他同学呢，他确实是想用自己去引开熊，但那不是为了我，而是为了所有人的安全。”

张同志露出恍然大悟的表情：“原来如此啊！我明白了！这位同志很勇敢……呃，据说你当时也跑到麦田里去了？”

“是的，我看到托利亚——哦，彼得洛维奇同志的处境很危险，我就想，我们中国留学生在场的有好几个，无论如何，不能让他一个人去面对熊。那样太不讲情谊了。”

“你说得也对，那个时候，我想无论是你还是他，都是下意识地想要保护别人，不会想太多，这是你们两个人具有高尚品质的表现，都是值得赞扬和学习的。”

“张同志……彼得洛维奇同志他……”竺心藜脸上一阵

红一阵白，她心里有两种冲动在激烈地斗争着，向组织说实话，告诉张同志托利亚确实在追求自己，或者完全否认，什么都不说，到底该怎么做才好，她拿不定主意。

张同志微笑着打量了她几眼："心藜同学，你还有什么要说的吗?"

"我和彼得洛维奇同志只是普通的同学和朋友关系，真的!"竺心藜用小得几乎听不见的声音低低地说出这句话。这不是谎话，她对自己说。

"我相信你。当然，绝不是说这位彼得洛维奇同志有什么问题，我们跟苏联的同志应该是很亲近的。但你们到这里来之前，就已经学习了关于留学的各种规章制度，从有利于你们更好地学习的角度出发，留学生从纪律上来说，不允许和苏联人恋爱，这个你也知道。如果发生了那样的事，可能各方面都不太好办，你自己也会有些……不方便。这些你明白吗?"

"我明白！我明白!"竺心藜忙抬起头说道，"而且我现在学习很紧张，根本没有那样的时间和精力……"

"那很好，"张同志微笑着点头，"这个话题到此为止，我们就不再讨论了。你回去休息吧，我走了。在学习和生活上有什么自己解决不了的困难，尽管来找我，千万别客气。"

竺心藜小声说："是，谢谢您。"

张同志走后，竺心藜没有回宿舍去，而是信步走向校园。她也说不清自己现在的心情是什么样的，只是胸口略有些发闷。

究竟是谁向大使馆留学生管理处反映了西伯利亚农场的事，她不想去追究了，虽然在麦田边目睹了整个过程的只有余广良和沈萤，但托利亚勇斗大狗熊的事迹当时可是沸沸扬扬，在整个农场传为佳话，每个人都知道。她要真去挨个琢磨，什么时候是个头？何况，让她真正不开心的，只是自己给别人带来了麻烦，而不是有人“告密”。

走着走着，她一抬头，发现自己站在图书馆门口。虽然是周末，这里仍然人来人往，大多是各个年级的学生。有些一脸络腮胡，脑门上全是皱纹的老学究模样的人，也很可能并不是教师，而是苦读中的研究生们。

她走进图书馆，来到自己常去的科研期刊阅览室。这里有世界最权威的科学杂志，很多在别处无法见到。这间充满崭新的印刷品特有的印刷墨水香气的大房间，是她最喜欢待的地方。她往往一坐就是一整天，不把所有气象科学领域内的新期刊翻完，饭都不想去吃。

她像往常一样，取了一本最近一期的气象杂志，找了个角落坐下认真地翻阅。看着看着，她突然把手中的杂志放下，捂住了脸，默默地抽泣起来。

不知道过了多久，有人轻轻拍了一下她的肩膀。她连忙用袖子擦了擦脸上的泪水，回头一看，原来是托利亚。他依然穿着白衬衫和黑色西裤，和平时有点不同的是他的金色头发，不再垂下刘海，而是剪短了一些，全部一丝不苟地向上梳在脑后，这让他看起来突然变得老成了很多。

竺心藜心强烈地跳了好几下，她立即想起了张同志说的话。这样不行——她想——如果再被人看见的话，她浑身长嘴也说不清楚了。

她忙站起身，眼睛躲开托利亚，向别处点点头："您好。"然后推开椅子便走。

因为她说的是俄语，托利亚也不自觉地用俄语问道："你怎么了？"

"我没怎么。您忙，我先走了。"

"能等等吗，我看见你在……"

"不管您看见什么，都跟您没关系。"

"竺心藜同学，你有什么事需要我帮忙的话……"

竺心藜犹豫了几秒钟，鼓起勇气说道："我唯一需要您帮忙的就是……"她又停下不说了。

"是什么？"

"就是跟我保持距离。"

"哦，我还以为是什么呢。可以，"托利亚笑了笑，"不过，我还是想知道你为什么哭。还有，你为什么突然对我称呼'您'？"

"您是听不懂什么叫保持距离吗？"

托利亚退后一步："这个距离够不够？"

"你……"竺心藜嘴一撇，又要哭了。她不再说什么，快步向阅览室门口走去。

托利亚不解地看着她的背影，又拿起桌上的杂志看了看，忽然眼神一亮，好像看到了什么，连忙放下杂志追了出去。

竺心藜刚走出图书馆的大门，托利亚喊着她的名字跑了出来。竺心藜转过身怒气冲冲地看着他："你喊什么啊?!"

托利亚走到她面前用汉语说道："竺心藜，竺润生是你什么人?"

"什么?"竺心藜愣住了。

"刚才你看的那篇文章里，提到1938年中国有一项关于内陆河沿岸季节性风向变化的研究，这项研究的主持人就是中国著名的气象学家竺润生，你也姓竺，你跟竺润生有关系？你是因为看到他的名字才哭的吗?"

竺心藜的眼泪不争气地又涌了出来。她带着泪光瞪了托利亚一眼，转身要走。托利亚忙跟了上来，语气有点着急了："我又做了什么？你为什么又这样对我了?"

"托利亚同志，你能不能听我说句话，"竺心藜站住，恳求地说道，"我跟你是不可能的。"

"你跟我什么事不可能?"托利亚满脸疑惑地问。

"什么事都不可能！不可能交朋友，不可能谈恋爱!"竺心藜豁出去了，大声说道。当然，她还是用汉语说的，周围的人都听不懂。

托利亚的脸色更疑惑了："为什么呢?"

"因为我是中国人，我要回中国去的。"

"我可以跟你一起回去。我跟你说过的，中国有世界上最复杂的冻土带，我想你们的国家也很需要我这样专门研究冻土带气候的气象学家吧？我愿意跟你一起去中国！”

“你怎么想问题这么简单呢？”

“那问题到底有多复杂？”

“中国是你想去就去想留就留的地方吗？”

“我可以努力去想办法呀！”

“还有柳芭呢！”

“柳芭？”托利亚一脸困惑，“柳芭怎么了？”

“她喜欢你，难道你不知道？”

“我知道啊。”

“所以我更不能跟你谈恋爱了！”

“那我要跟你解释一下：柳芭喜欢我，这不是我能控制的。但是我不喜欢她——不，也不是，我是喜欢她的，不过不是那种喜欢，不是我对你那样的喜欢。我只是把她当作我的妹妹。我们从小一起长大，是小时候穿一个裤头的那种关系，真的就像亲兄妹一样。难道你觉得柳芭是你的朋友，所以就要把我让给她？这有什么道理？！”

“托利亚！”竺心藜提高了声音，“不是这么回事！完全不是！”

“那到底是什么让你这么坚决地把我拦在门外？”托利亚也有些失控了，他逼近她问道。

竺心藜迎着他的目光，沉默了一会，说道：“你问我竺润生是谁，我告诉你，竺润生是我的父亲。”

“哦……”

“他已经不在人世了。”

“是这样啊？对不起，我不该……”

“请你让我把话说完。我父亲是为了我们的国家，才成为气象学者的。我父亲在我很小的时候就告诉我，我们的祖国，是世界上最美丽的地方，但也是经历最多灾难的地方。很久以来，我们国家都是靠天吃饭，可我们对‘天’却无法把握。我父亲曾经说过，他学气象，就是要让我们这个国家贫穷饥饿的百姓能吃上饱饭，过上好日子，不再受天灾之苦。”

托利亚说道：“我理解，这是所有从事这个学科的人一致的想法。我们追求的就是战胜自然，战胜灾难，保护人类，对吧？”

“是的，要战胜自然，战胜灾难——可是因为一场洪灾，他再也不能完成他的事业了。现在，我作为他唯一的女儿，必须继承他的志向。这是我自己的选择。我要像他那样，做一个立志战胜自然灾害，让我的同胞过上幸福生活的科学家。为了实现这个梦想，我有太多事要做。所以我没有办法，托利亚，我真的没有办法去关注我的个人感情。”

“竺心藜同学，照你的想法，科学家都不能有家庭，不能有爱人了？莫非，你打算一辈子都单身？”

“我当然会有家庭，有爱人，但不是现在，而是在将来的某一天，等我做完了我该做的……”

“可你是现在遇到了我，而不是在将来，在你完成了你想完成的那些事情之后。你现在就应该决定我对你来说是什么样的人，是不是那个正确的人——我到底是不是？”

竺心藜感到跟他再也谈不下去了，他提出的问题，她也根本无法回答。她心里很清楚，无论从哪个角度说，他都不是那个正确的人。但毫无疑问，他是她人生中第一次为之心动的人——只是，她不能告诉他这些。

“我早就对你说过了，我只想好好地完成我的学业，除此之外，我什么都不考虑。”她声音沉静地说道，随后，不顾托利亚那失望的眼神，掉头走开。

走出很远，她才偷偷地回眸，却看到路灯下托利亚依然呆呆地站在那里。她已经看不清他脸上的表情。可他的身影看起来十分落寞。

竺心藜回到宿舍时，天已经黑了。她疲惫地在桌前坐下，拧亮台灯，这才想起兜里还装着林有松的信，急忙拿出来拆开。

信有好几页纸，捏上去厚厚的一叠，显得那么实实在在，让人心安。

心藜：

你好。

自从你走后，我一直也没有时间给你写信。因为我现在正在全国各地马不停蹄地奔忙着，工作着。很忙碌，但很充实，很愉快。

你现在已经三年级了吧？留学生活即将进入尾声，想必你也开始准备你的毕业论文，以及考虑还要不要继续深造的问题了。如果可能的话，我建议你认真地考虑一下，争取攻读硕士学位，乃至博士学位。科学研究是没有止境的，你现在还只是一个入门的本科生，若能登上更高的学术台阶，对你的未来是大有益处的。国家的建设需要更专更精的人才，磨刀不误砍柴工，年轻时多多学习多多积累，将来在工作中能发挥的作用就会更大。对了，你所在的莫斯科大学地理系，有几位科学家对冻土带气候的研究是领先世界的，而这项研究在我国还属于空白，亟待发展。我建议你可以在这方面作进一步的考察，多方地考虑一下，再做出最终的决定。

其实，趁着几次国际学术会议的机会，我也向来自莫斯科大学的同行们了解过你的情况，他们中很多人都知道你，你在学校里还是很有名气的呢，大家都说，你是一个又聪明又可爱的姑娘，凡是教过你的老师，都注意到了你的勤奋和刻苦。我听到他们这么说，心里非常高兴。

心藜，其实我给你写这封信，并不是想跟你谈你的学业。在这方面，我是完全相信你自己的能力的。我想与你讨论的，是你的感情问题。你的父母是我最好的朋友，因此我对你也总是有一种对女儿的感觉，希望你能理解我这个做叔叔的这些发自肺腑的唠叨。

心藜啊，你只有二十岁，也许有些事，在你身上已经发生了，你却还不太明白。我们每个人在青春岁月中，总会遇到让自己产生特殊感觉的人，千万不要害怕这样的感觉，也不要害怕这样的人，因为那将是你漫长的生命里最纯洁、美好的回忆，它不仅是爱最初的记忆，也是一个人被强烈欣赏、被深厚关怀的记忆，它会让你自信地面对命运，遇到挫折时倍增勇气。所以，心藜啊，不管你接受或是不接受这样的感情，都尊重它吧，感激它吧，它给你的生命增加了霓虹般的色彩，使你的生活像初夏开放的红色玫瑰一样充满生机。

……

一颗泪珠毫无征兆地落在信纸上，洇开了一团墨迹，竺心藜慌忙把信拿开。她擦着脸上的泪痕，喃喃自语道："我这是怎么了……"

她当然知道自己怎么了。林有松信中所说的话，好像夜空中的道道闪电，清晰地照出了她稚嫩心灵上刚刚被划伤的创口。是啊，谁说和托利亚的相遇不是她年轻的生命里最纯洁美好的回忆呢？然而，那也只能是被深埋在心底的回忆而已了吧。

她心中那片盛开的红玫瑰，和这世上所有开放在情窦初开的少女心中的玫瑰一样娇艳、芬芳、甜美，却只能被关闭在厚重的花园大门里面，无法为人所见。

七、失去与得到之间

转眼间，莫斯科大学又迎来了一个新学期。

竺心藜和柳博芙升入了四年级。时间过得飞快，她们要准备毕业了。柳博芙打算继续攻读硕士学位。竺心藜也在考虑，是继续留学深造，还是回国。林有松所承担的调查工作告一段落，信也频繁了一些，他在来信中一再说道，如果有机会，能多读一些书就多读一些，不必急于回来。她也是这么想的，所以申请了报考莫斯科大学地学系硕士研究生。

上个学期末，又有一批中国留学生毕业回国了。在大使馆留学生管理处举办的告别舞会上，竺心藜遇到了张同志。虽然留学生每个月都要进行集中学习，但张同志她很有一段时间没见了，听说是回国了一趟。

竺心藜向张同志说起了自己考硕士的计划，张同志好像想说什么，但欲言又止，最后他只是带着笑意说：“心藜同学，好好学习，一定要争取顺利毕业，祖国非常需要你们。”

柳博芙知道了竺心藜的决定，高兴得什么似的。她又一次邀请竺心藜到她家做客，说是要好好庆祝一下。

竺心藜觉得好笑：“庆祝什么？我还只是申请报名而已，哪有人庆祝这个啊？万一到时候没考上，不是很尴尬嘛。还是算了吧。”

柳博芙把头摇得像拨浪鼓：“当然要庆祝，不是庆祝我们报考硕士，而是庆祝我们又有了三年，也可能更久的在一起的日子！”

竺心藜跟柳博芙回家的那天，安娜照例张罗了一桌丰盛午餐。出乎意料的是，托利亚也在。

竺心藜已经很久没有在安德烈耶夫娜家遇见托利亚了，看到他时不免有些慌张，不过脸上还勉强保持平静。托利亚好像也不太自然。自从图书馆那场迸着火星的对话之后，他们俩就没再说过话，偶尔在校园中碰到，往往托利亚还没走近，她就转身逃走了。要么就是装作看不见对方，你走一边，我走一边。这一下猝不及防地面对面坐在餐桌旁，两人中间的低气压，连安娜都感觉到了。她好奇地左右看看：“薇拉，托利亚，你们俩是怎么了，为什么好像陌生人一样？”

竺心藜慌忙抬起头看着安娜，想回答她，却张口结舌地说不出话来，托利亚握着的刀叉悬在半空，脸色一阵发青，也不知说什么才好。

柳博芙眉毛一扬：“他们没什么啊。”

“我又没问你，你为什么替他们回答?”安娜转向柳博芙问道。

“因为你问了不该问的问题，人家没法回答。”柳博芙说。

“不该问?为什么?没法回答，又是为什么?”安娜接着问。

“你哪来那么多为什么?”柳博芙口气也不耐烦了，“现在大家都在吃饭嘛。”

“什么时候咱们家吃饭不让聊天了?”

柳博芙还没说话，竺心藜赶紧接过话头：“安娜，您最近在画什么吗?”

安娜立刻忘了自己刚才在跟柳博芙争执，笑盈盈地说道：“我在画一幅风景画，亲爱的。对了，我画的题材跟你们三个人都有关系。主题是一座气象站。”

“气象站?”托利亚和柳博芙都来了兴趣，“什么气象站?”

“就是托利亚的父母工作的那个气象站，”安娜笑着说，“我去过那里一次，画了很多素描稿和水彩速写。我一直都想为他们画一幅画。只是有太多别的工作要做。现在我终于付诸行动了。”

托利亚有点意外地问道：“您去过那里?”

“那是很多年前了，那时候还没有你呢——不，应该说，还不知道会不会有你呢。你的父母刚去那里工作，并没有结婚。我还在读美术学院，从他们的信里知道了关于那座气象站的故事，觉得很有趣，就背起画板去了一趟。当时我才二十多岁，跟你们现在一样大。天哪，居然已经是二十多年前的事了！”安娜捧着脸惊呼道。

“您还在那儿住下了？”托利亚问。

“是啊，因为那里每个月就只有一艘船来送给养，除此之外，再也见不到别的人和别的交通工具。我只能住满一个月。这一个月可真受罪，那儿实在太冷了。我还是夏天去的呢。那个地方什么都没有，只有一座小木屋，周围是一片冰原。有个简陋的码头给补给船用。不管是白天还是晚上，周围始终安静得像空气都冻结了一样。虽然那里的山和海湾美得让人心醉，可是日复一日看着那些毫无变化的景色，时间一长，美就变成了致命的单调。说真的，想到他们两个人过着那样的生活，坚持了二十多年，我真是太敬佩了。”

托利亚默默地吃了一口面包。

“你多久没见到他们了？”柳博芙转向他问。

托利亚含着一嘴面包故作轻松地回答道：“三年多了。我从中国回来的时候，去过他们的气象站，住了一个月。如果想休假，那地方是不错的选择。”

安娜看着他，慈爱地说：“托利亚，你的父母都是了不起的人。”

托利亚努力挤出一丝笑容来点点头：“是的。”

这是竺心藜第一次，也是唯一的一次听到安娜讲起托利亚父母的故事。过去，她只知道安娜和托利亚的父母是中学同学，非常要好的朋友。虽然上了大学以后，安娜学了艺术，托利亚的父母学了气象，而且各自生活在不同的地方，但三个人一直保持着深厚的友谊。所以托利亚的父母才放心地把孩子托付给安娜照顾。

她没办法想象两个人在一个荒无人迹的地方生活二十多年，甚至连自己唯一的孩子都只能几年一见，这是一种怎样的人生。他们的工作很重要，作为一个气象学科的学生，她当然明白，可要是让她为了工作与世隔绝几十年，而且每天都要做完全一样的事，就像钟表那样刻板，她真的很难保证自己一定可以坦然地承受这一切。毕竟这不是常人所能忍受的。

安娜说得对，托利亚的父母是真正的英雄。他们对抗的不是敌人，而是内心的恐惧和孤独，这比敌人更难战胜。当数年之后竺心藜也有了在远离人烟的高山气象站工作的经验，她便更加能够体会像托利亚的父母这样坚守在人类极限之地的气象观测者的伟大。

吃完饭，竺心藜去厨房帮忙刷盘子。这是她每次在安德烈耶夫娜家吃过午餐之后的习惯，安娜便把水池里的一大堆餐具交给她，自己去别处忙了。

竺心藜洗着碗碟刀叉，无意中看了看厨房外面，却看到柳博芙和托利亚正站在客厅里说话。两人的脸色都很严峻，好像在讨论什么棘手的问题。她不安地回过头，继续洗碗，心里七上八下。他们在说什么呢？

这时，亚历山大溜了进来，悄悄在她耳边说道：“我姐姐跟托利亚在说你呢。”

“说我?”竺心藜惊讶地问。

亚历山大用手竖在嘴唇上嘘了一声:“别那么大声,薇拉,我跟你说,他们俩在谈中国留学生能不能跟苏联人谈恋爱的事儿。我姐姐说不行,托利亚说可以。俩人差点要打起来了。”

竺心藜愣住了。柳博芙怎么了?她为什么要跟托利亚谈这些?

亚历山大从冰箱里拿了汽水,向竺心藜使了个眼色,便走出去了。竺心藜心事重重地把洗好的碗碟归置妥当,去安娜房间找她告别。离开客厅时,她看了柳博芙和托利亚一眼,他们还站在一起,托利亚却把眼睛转到一边,双手抱在胸前,不再说话。柳博芙耸了耸肩,朝自己的房间走去。

安娜似乎在工作。竺心藜推门进来的时候,看到她正坐在一幅画跟前,手里拿着蘸满颜料的笔,却迟迟没有落在画面上。

“薇拉,”她招呼道,“来,坐到我身边来。”

竺心藜搬了把椅子,到安娜身旁坐下,看着那幅画。画已经接近完成了,能看到画面中一间小小的木屋显得无比寂寥,黎明时分,屋外有个男子正在做观测,木屋的窗口隐约有个女人的身影。

这就是安娜说的气象站的画吧,她想。

“画上的人,是托利亚的父母吗?”竺心藜忍不住问道。

“对，就是他们。托利亚的爸爸可帅气了，托利亚长得很像他。”安娜端详着自己的画说道。

竺心藜盯着那画里的男子出神。果然，画中的男人也有一头金发，在蓝莹莹的雪地上熠熠生辉。她莫名想起自己第一次见到托利亚的情景。在北京大学的迎新舞会上，托利亚站在舞池边，金发，白衬衫，黑西裤，好像随身带着一轮光环。

“我告诉你一个小秘密，柳博芙都不知道，”安娜说，“我和托利亚的爸爸之间有点故事。”

“啊？真的吗？什么故事？”竺心藜惊讶地问道。

“我们曾经是恋人，上中学的时候就是了。”安娜微笑着说。

“但是你们最后没有在一起？”

“当然啰。”

“为什么分手呢？”

“就是因为这个气象站，”安娜指了指画中的小木屋，“大学毕业的时候，他说他要去那里。我无法跟随他，也不能接受他不在我身边。我们就只好互道珍重了。”

“那托利亚的妈妈……”

“她选择了跟他一起去。这是一个正确的选择。本来我还有些遗憾，因为他毕竟是我深爱过的人。后来我明白了，爱情，并不是两个人共同生活最坚实的基础，志同道合才是。他们应该在一起，从一开始，就应该，因为他们彼此最合适。我……必然是要出局的，”安娜笑着做了一个打网球的动作，语气里却有一些隐隐的失落，“其实，我那次去那个气象站，就是想要再尝试着去接受他的生活，那时的我真的特别爱他。在莫斯科的每一天，我都在深深地思念着他。妮娜给我写信说，如果你真的放不下，就该来看看。我想，是的。所以我就去了——哦，妮娜就是托利亚的母亲。”

安娜看着画中的男人，神情有些忧伤。竺心藜不敢说话。

“在那儿住了一个月以后，我彻底放弃了。我做不到，肯定做不到。但是妮娜可以，她可以在那个地方待一辈子，不在乎那些可怕的寂静，那些无处不在的太阳照在冰层上反射出来的白色光点，不在乎那些无休止起伏着就像大海的呼吸一样的波浪，那些波浪你就是盯着看一万年，也看不出前一分钟和后一分钟有什么不同。他们两个人都能勇敢地面对那些，但我不能。”安娜自嘲地笑了笑，“薇拉，你也是学气象的人，你应该能想象吧。在一个远离所有人类的地方，每天和风声做伴，任何事都是一成不变，周围没有电影院，没有音乐厅，没有咖啡馆，没有体育场，甚至连个普通的小村子都没有。如果不能真正地理解自己正在做的事有多么重要，他们一定会发疯的。这就是我观察他们的生活所得出的结论。但托利亚的父母为他们的工作自豪。”

“是的，即使只是一个小小的气象站，它的存在也非常有价值，值得自豪。”竺心藜认真地说。

“没错，的确值得。”

她们一起望着那幅画。竺心藜发现，在安娜的画笔下，北极圈的小小气象站，像一座圣洁的殿堂一样闪着光。

“薇拉，你爱托利亚吗？”过了一会，安娜突然问道。

“不，我不爱，不爱。”竺心藜条件反射般的立即矢口否认。

“嗯，你在摸你的鼻子。”安娜表情里透着一股小狡黠。

“什么？”

“你应该听过匹诺曹的故事吧，人一说谎鼻子就变长，变长之前会痒痒。摸鼻子说明你在说谎。”安娜朝她做了个鬼脸。

“我没有……”竺心藜赶紧把手放下来，窘迫地说道。

“好了好了，亲爱的，这有什么不好意思的？托利亚这样漂亮的男孩子就是招女孩子喜欢，从小到大，迷恋他的女孩子很多的，”安娜捂着嘴笑着说，“其中也包括我们家的柳芭。她五六岁开始，就整天跟在托利亚屁股后面，像个甩不掉的小尾巴。”

竺心藜无言以对，只好低下头。

“不过据我所知，托利亚还真没有对哪个女孩动过心。除了你。”安娜停了一会，用温柔的声音地说道，“托利亚爱你，我看得出来。这孩子恋爱了。”

“我不觉得他对我有什么……我也不喜欢他……”竺心藜说着，声音越来越小。

安娜拉过竺心藜的手：“我们最不应该做的，就是在爱情上不诚实。不过话说回来，小姑娘就没几个能正视自己的心的。你看我们家的柳芭，你要说她爱上了托利亚，她也是打死都不认。”

竺心藜想起自己跟柳博芙谈过这件事。当时柳博芙很爽快地就承认想跟托利亚结婚。看来，她只跟自己坦白过，对安娜也没吐露真情。

“我知道柳芭对托利亚的感情是特别的那种。安娜，我希望她能如愿，如果她需要，我会帮助她的。”

“我的傻姑娘，你要记住一点——人生就像考试，永远也不要替别人答卷，否则你自己就要考零分了。柳芭跟托利亚怎么样，跟你没有关系，也不应该困扰你。明白吗，我的小可爱?”

看着安娜那双晶莹清澈的灰色眼睛，竺心藜不自觉地敞开了心扉：“我不是在为了别人的考试烦恼，安娜，只是，托利亚这道题目对我来说太难了，我做不出来。”

“为什么呢?”

“会有很多很多的人反对我和他在一起。连我自己，也觉得这不合适。而且我的国家是送我来留学的，我所有的时间都要用来学习，不能分心。”

安娜轻轻拍了拍她的脸：“和什么人结合，那是你的人生，你要自己做决定。但有一件事很重要——我们必须在做决定的时候，诚实面对自己的心。这样，至少以后不会自怨自艾，悔不当初。”

“诚实?”

“必须非常诚实，对心里的每一个想法都要如此。”

离开安德烈耶夫娜家时，托利亚和竺心藜一起出了门。这次，竺心藜没有激烈地抗拒。柳博芙送他们出去，在楼下向他们挥手道别。竺心藜明显地感觉到柳博芙有心事，连跟她说再见，都好像心不在焉。走出好远，她回头看看，依然能看到柳博芙站在路边，怔怔地望着他们的背影。柳博芙到底怎么了？她暗暗地想，可是想不出来。

竺心藜和托利亚一前一后走到公共汽车站。又是秋天了，上一次他们俩在公交车站发生的事历历在目，那也是在秋天，不过是深秋，他们遇上了莫斯科的初雪。现在天气还不算冷，竺心藜只穿了一件薄薄的羊毛衫。

她抬头望了望天空，不是晴天，高空浮动着层层叠叠铅灰色的积雨云。

“看起来马上要下雨了。”竺心藜好像在自言自语。莫斯科的秋雨，也是冰冷彻骨的，想到这里，她不由得抱了抱胳膊。

托利亚回身走过来，脱下自己的外套，披在她身上。

“如果下雨，你把我的衣服当作雨衣穿回去吧。”

竺心藜皱了皱眉，想要把衣服拿下来，托利亚伸手按住了她的肩膀：“就算是普通同学，也可以互相关心的嘛。竺心藜同学，在天气恶劣的时候，你没必要拒绝一个比你年长又是男生的同学给予你的一点小小的帮助。”

他的话音未落，一阵密密的雨滴就洒了下来。他抬起手，把竺心藜身上的外套抓住，往上一提，盖住了她的头。

“披好你的雨衣，否则你会感冒的。”他说。

这时，公共汽车来了。竺心藜看了他一眼，把“雨衣”摘下，挂在胳膊上，便上了车。托利亚紧跟着她。

车上没什么人，他们在一个双人座位上肩并肩坐下。竺心藜望着窗外，托利亚望着她的脸。两人静默了一会，托利亚开口说道：“你今天，好像有点不一样？”

竺心藜回过头：“哪里不一样？”

“我也说不好。只是一种感觉。”

竺心藜突然意识到自己还抱着托利亚的外套，脸微微一红，连忙把外套放到托利亚膝上：“谢谢了，我想我真的不太需要它。”

托利亚收了外套，叹了口气：“竺心藜同学，不要嫌我烦，有时候我也觉得很无奈。”

“无奈？”竺心藜想，他的中文到底是哪儿学的？怎么连无奈这种词都会用？

“对，以前何国贤教过我一句中国的诗，‘无可奈何花落去，似曾相识燕归来。’你知道吗？”

“我知道，那是词，宋代的词。你想说什么？”

“何国贤说，这句诗……哦，词，是在表达一种在失去和得到之间的感觉。竺心藜同学，你一直就给我这样的感觉。”

竺心藜没想到，托利亚竟给她讲起了中国的诗词，而且她居然听不懂。

“什么叫失去和得到之间？”

“比如说，那天在图书馆外面，你那么强硬地拒绝我，我真的以为我已经死心了，但是今天，看到你，跟你说话，看着你的眼睛，我才知道，我并没有。就是说，每当我觉得已经失去你的时候，就会感觉你又转回到了我身边。这种感觉很奇怪。”

“我和你好像没有失去或者得到这样的关系吧？你不要这样随便说话好不好。”竺心藜又不自觉地撅起了嘴。

看到她这个熟悉的表情，托利亚忍不住笑了：“对不起。是的，大概我们是没有那样的关系，但是，在西伯利亚的时候，你站在麦田里，大声地喊那头熊回来的样子，我永远也不会忘记。”

竺心藜心里轻微地一颤，沉默了。西伯利亚的麦田，那头小山一样的大棕熊，托利亚走向森林的背影，那天所发生的事，她也永远不会忘记。

托利亚深吸了一口气，低下头，摊开那件外套，铺在自己的左手和竺心藜的右手上面，竺心藜还没来得及反应，外套下面的手就被托利亚一把抓住了。

“不要动，”托利亚说，“数到三十秒，我会放开你的。”

竺心藜呆呆地看着他的侧脸，好像被施了咒语似的，真的一动不动。

公共汽车在某个车站停下，几个候车人鱼贯上车，依次从他们的座位旁走过。也许是竺心藜的中国面孔引起了他们的注意，好几道目光满是好奇地掠过她的脸。竺心藜只觉得心在胸膛里狂跳。她害怕会有乘客看出她的脸都快被涌上来的血冲爆了，只得使劲把头埋在胸前。

手被托利亚握住的时间，好像无休无止，她终于忍不住开口说道："你……"

就在这瞬间，托利亚的手松开了，他把外套拿起来，卷在自己的手臂上。

"竺心藜同学，"他望着前方，面露微笑，"这是我这一辈子都不会后悔的三十秒。如果你也这样认为，那将是我的荣幸。"

"你太过分了吧。"竺心藜低声说。她的脸还是火辣辣的红。

"很抱歉，"托利亚转过头看着她的眼睛，"我这么鲁莽是有原因的。"

"什么原因？"

"我可能有很长一段时间见不到你。"

竺心藜愣住了。

"为什么？"

"我马上就要去莱比锡卡尔·马克思大学了。"

"莱比锡卡尔·马克思大学，是在民主德国吧？你是去留学吗？"

"不，只是去那里做短期的交流学习。他们的极地气候研究所最近从南极带回来一些冻土钻探的标本，我想去看一看，就向系里争取了一个交流访问的名额，机会难得嘛。不过，说是短期，也要大约一年。"

"哦……"

“但愿我能赶得上你和柳博芙的毕业典礼。听说你们还要继续读硕士?”

“嗯,”竺心藜点点头,“我已经申请了。”

“太好了,”托利亚说道,“既然你还会在这里待下去,那我应该还是有机会的。看来我可以安心地去莱比锡了。回来的时候我给你的中国同学们带德国的啤酒吧,他们喜欢吗?”

竺心藜赶紧把头扭开:“谁要你带什么德国啤酒……”

托利亚伸长脖子,追看她的侧脸:“德国啤酒很有名,你可以问问你的同学,看他们要不要有人帮他们带点回来,我不怕行李重,真的。”

“我敢保证他们不要,”竺心藜用不屑的语气说,“我们中国人不喜欢喝啤酒。”

“真的?那我给他们带点德国香肠好了,难道他们也不喜欢?据我所知,食堂里的香肠烤杂拌可是很受中国同学欢迎的一道菜哟!”

“喊,行了,带什么东西啊,下次再说吧。我说,你能不能坐好?挤着我了!”

竺心藜回头瞪了托利亚一眼,逼他老实坐回自己的椅子里。然后又别过头不看他了。

因为她不想让托利亚发现她嘴角浮上来的那一丝笑意。

一个星期后,托利亚离开了莫斯科,动身前往东德。竺心藜认真地做着各种考硕士的准备,她决定报考冻土区气候专业,这是林有松向她郑重推荐的研究方向。

1960年的六七月间，中国留学生突然陆续被召回国，集体参加政治学习。竺心蓁也因此短暂地回到了北京。

四年未见的故乡让她倍感亲切，但经过了半个月的政治学习，她也明白了一件事——想要在莫斯科大学继续读硕士，已经是不可能的了。不仅是她，整个中国学生赴苏联留学的历史，即将全面告一段落。

因为学习内容很多，还要外出参观，所以时间非常紧张，她很想跟林叔叔见一面，却没有找到机会。她只是给林有松写了一封信，在信上，简单地说了已不再计划继续读书的想法。

她的语气很平和，但心里还是有一些淡淡的失望。想到在气象科学的道路上她几乎才走了一小步，学业就这样终止了，竺心蓁感到自己对未来的信心受到了沉重的打击。在这个领域，她还有那么多未知，今后该如何去探索呢？

政治学习结束后，有些特殊专业的留学生就根据组织的安排，留在北京不走了。竺心蓁则随几千名同为休暑假的留学生同学一起返回了苏联。

这一次，当列车跨越边境，一望无际的西伯利亚广袤大地出现在眼前时，留学生的心情却与初次完全不一样。他们都是在若干年前的某一个秋天来到这里的，心情虽然忐忑，却雀跃不已。因为他们作为被千挑万选出来的佼佼者，看到新的人生道路在眼前展开，内心充满了喜悦和希望。

但这时，在他们的心绪中，除了必须顺利按时结束学业的紧迫感之外，剩下的就只有面对即将到来的新学期，因为不知该如何与苏联老师、同学和朋友相处所感到的不安和忧虑。

竺心藜也不例外，有些惶惑。她很清楚，绝不应该和柳博芙再像从前那样亲密了，但怎么做好呢？柳博芙、安娜，还有叶甫盖尼和亚历山大，他们对她那么亲切，而她现在要用什么态度对待他们才合适呢？

还有，远在莱茵河畔的托利亚如果回来，她又当如何？

想到托利亚，竺心藜一边随着火车摇摇晃晃的节奏不由自主地晃动着身体，一边抬起手，凝望着自己纤细白皙的手指。

托利亚抓住她的手时的那种感觉，此刻浮现了上来——像一道微弱而鲜明的电流从他的皮肤上发出，瞬间冲击着她全身的神经，舌尖似乎碰触到某种甜中带涩的东西，想尝，又有些畏缩。

“这是我人生中最不可能后悔的三十秒钟。”

托利亚的声音随着那感觉也一起涌到心间，导致她的心脏像一片被风吹拂的叶子，发出一阵颤抖，酸酸的，麻麻的，有些轻痛。她知道那是什么——这些日子以来，只要想到托利亚，她的心都是这样——那是爱情。在最隐秘的脑海深处，她不想否认，也从来没有否认过。

但那是已经确定无望的爱情了。她和托利亚之间不再有交集的可能。

“喂，竺心藜！”有人在小声叫她名字。她回头一看，原来是坐在后面一排座位上的余广良。他们是同一批回国参加政治学习的。

“你在想什么呀?”余广良问道。

“没有。”

“怎么没有，你的背影呀，看起来都是蛮忧伤的样子。一定在想什么心事。”

“广良同学，请你不要随便揣测别人好吗?我哪有什么心事?”竺心藜不满地说。

“好，好，我不揣测。竺心藜呀，我听说你有一个非常要好的女朋友，是苏联人，你还经常去她家做客。这次回去，你要怎么跟她交往?”

竺心藜愣住了，她不知道余广良为什么要问她这个问题。

“我们都面临这个问题嘛。我也有很好的朋友，是苏联人，你说，跟他们还能继续做朋友吗?”

“顺其自然吧，我们的主要任务是学习，毕业，报效祖国，交朋友是个人的事，不需要想得太多。我们能做到问心无愧就好了。”

“对，对，你想得真透彻。”余广良连连点头，“你还记得李彤吧，柴可夫斯基音乐学院的那个。”

“记得，怎么了?”

“他比我们还麻烦呢，他正在和一个苏联女同学……”余广良把两个大拇指交缠在一起，朝竺心藜比画。

“什么意思?”竺心藜明知故问。

“你怎么不懂呢，就是谈恋爱嘛。听说结婚报告都打了。他这下可真麻烦了。”

竺心藜“哦”了一声，不再说什么。她对李彤这个人没有兴趣，同时心里想着，没有和托利亚捅破那层窗户纸，到底还是正确的，她的未来终归是与他无关。就让这一段过去吧。相濡以沫，不如相忘于江湖。

八、告别，重逢

一回到莫斯科，和往常一样忙碌的新学期就开始了。

上课的第一天，竺心藜一个人坐在角落里，有一种说不出的不自在。班上的其他人似乎也在刻意跟她保持距离。不过，更让她觉得异样的是，柳博芙没有来上课，整整一天都不见踪影。

最后一节课结束后，竺心藜正打算回宿舍，却看到几个女生聚在一起说着什么，还不时地看自己。她正在困惑，女生中的一个走过来："薇拉，跟你说件事。"

"什么事？"

"我们想去医院探望柳博芙，你一起来吗？"

"柳博芙？她怎么了？"竺心藜失声叫道。柳博芙在医院？

"暑假的时候她和全家人去索契疗养，怎么回事我们也不清楚，只知道她在那儿患上了严重的肺炎，都病危了，是紧急送回莫斯科的。还请了假呢。这几天听说她的病情有好转，已经转到普通病房，我们就想去看看她。你来不来?”

“我来!”竺心藜想也没想就说道。

柳博芙的病房里没有几个人，女生们走进去的时候，只见柳博芙穿着一身病号服斜倚在床头，手里还捧着课本。

“柳芭，你也太用功了，病成这样还看什么书呀!”走在前面的女生说道。

柳博芙抬起头，脸上露出笑容：“天哪，姑娘们!你们是来看我的吗?我真高兴!”可是当她看到了走在最后的竺心藜，笑容突然消失了。

竺心藜敏感地觉察到她的异常，立刻觉得手足无措。她甚至有点后悔来医院了。

“你怎么会得肺炎呢?”“就是啊，你去疗养还生病?”“你是不是吃错东西了?”几个女同学围坐在柳博芙的病床边，七嘴八舌地问着。

柳博芙心不在焉地回答着她们，用眼角悄悄瞟了竺心藜一眼。竺心藜正把她们带来的鲜花插在花瓶里。她得给自己找点事儿做，不然太尴尬了。她一边整理花束，一边也偷偷望向柳博芙，两人恰好四目相对，柳博芙连忙把视线移开了。

竺心藜的心里咯噔了一下。她确信在她和柳博芙之间发生了什么。

大家聊了一会，说了许多开学后发生的趣事，看时候不早，几个女生便起身告别："好了，柳芭，你好好休息吧，把书放下，就养病这么一会儿工夫，耽误不了你的功课的。"

柳博芙摇头说道："不行，我还要准备硕士生的考试呢。本来暑假也要复习的，偏偏被拉去索契疗养。这下可好，疗养倒养出病来了，还白白浪费了一大把时间，真不划算。唉，好时光不等人呐！"

看到她那老气横秋的样子，女生们都笑了："好啦好啦，未来的女科学家，那你就好好复习吧，不过要注意身体，好吗？"

大家说说笑笑地走出了病房，竺心藜也跟着出去了。从走进来到现在，她连一句话也没有对柳博芙说。女生们笑着聊天的时候，她只是默默地在一边坐着。临出门时，她回头看了一眼，见柳博芙已经又捧起书本来了。

刚刚出了医院大门，竺心藜就站住了："你们先回去吧，我把包落在柳芭的病房里了，我回去拿一下。"

女生们互相看了看，招呼她来医院的那个姑娘便说道："好，薇拉，你去吧。我们先走，不等你了。"

竺心藜连忙转身跑回了医院。

在柳博芙的病房门口，她站住了，小心翼翼地往里面看了看。发现柳博芙的床上没有人。自己遗落在椅子上的挎包，正端正地放在床头柜上。

竺心藜正在犹豫要不要进去等待柳博芙回来，一个声音在身后响起："来拿你的包吗，薇拉？"

竺心藜一回头，看到柳博芙正站在自己身后。“柳芭……”她叫了一声，却没有别的话可说了。

两人沉默相对了一会，柳博芙双手叉腰，叹了口气，无奈地摇了摇头：“对不起，我不该那样对你。”

“你怎么了？”

“我在生你的气。”

“为什么？”

柳博芙苦笑了一下：“为什么……我该怎么回答呢？不如直接一些吧，为了托利亚。”

竺心藜愣住了。

“这么说吧，他去莱比锡大学前，我跟他谈过一次。我告诉他，我很爱他。但是，他说，他不爱我。这世界上再也没有比这更荒谬的了——我听到这个我早就清楚得不能再清楚的答案，却痛不欲生……他不爱我，呵呵，我从十岁起就开始为这个回答努力积攒着勇气，可是我现在二十岁了，还没攒够，远远不够……”

竺心藜依然怔怔地看着柳博芙，似乎不明白她在说什么。

“然后我们就谈到了你。其实这也不是我们第一次提起你了。上次在我家，我们就谈了跟你有关的事。也许托利亚对你说过，也许没有……我跟他说，你和他是不可能的，因为中国政府不允许留学生跟苏联人谈恋爱。可他却不这么认为，非说明明有跟苏联人谈恋爱的中国人。我说的话，他一点也听不进去。”

“柳芭……”竺心藜想说点什么，却语塞了。

“我承认，我就是想让他知道，他对你是妄想，他是在浪费自己的时间，浪费自己的感情，”柳博芙耸了耸肩，“天知道我是怎么了，为什么这么自私。你是我的好朋友，我却在拼命阻止托利亚爱你。”

“可你说的是事实呀，柳芭！”竺心藜急切地说道，“我和他真的不可能。我一直都是这么说的，对他，对你，对我自己……”

柳博芙用力闭上了眼睛：“你太善良了，薇拉，有时候我真难过，遇到你这么善良的朋友——这显得我很卑鄙。”

“柳芭，你不要这样！你怎么可能卑鄙呢？”

“我就是卑鄙！我背着我的好朋友，去求爱她的人转过来爱我！这不是卑鄙是什么？所以我是活该的。我活该痛苦。我扔下我的所有功课，去了索契，我觉得那里也许能治愈我，让我别再纠缠这件事。可是没什么用。这么多年来，我始终都觉得自己有希望，哪怕只有一点点希望——我觉得托利亚有可能会爱上我。但是那天，他对我说，他爱你，非常爱，而且会永远爱下去。我知道，我没有希望了。如果不是得到了你肯定的回应，他不会那样的，他说话的时候眼睛里全是幸福在闪闪发光。”

竺心藜立即想起了在公共汽车上，托利亚抓住自己的手的那一刻。她那时给了托利亚肯定的回应吗？应该没有吧？但她没有足够的底气说没有。

“在索契，有一天晚上我喝了点酒，”柳博芙说，“然后我就忘了自己做过什么了。我再醒来的时候，躺在海滩上，陷在沙坑里，淋着瓢泼大雨，他们找了我一整夜，谁也没想到我那样狼狈地在海边昏迷着。我就是这么病倒的。可笑吧？真是太可笑了。”她自嘲地一笑。

竺心藜能想象到，一向冷静理智的柳博芙，醉倒在大雨夜的海滨，她心里有多么巨大的悲伤。而这悲伤，竟然是来自她，自认为是柳博芙最好的朋友的她。

她羞愧得深深把头低下。柳博芙走进了病房，把她的挎包拿了出来，递给她：“在医院里，我有很多时间用来看报纸。如果我猜得没错，你毕业之后马上就要回中国去，不可能留下来读硕士了。那就这样吧，我们再也不要见面了。”

竺心藜震惊地抬起头看着她：“柳芭，你要跟我绝交吗?”

“抱歉，只能这样。这对你也不坏。”

“可是我们还要在一起上课啊!”

“不会。我的肺部感染很严重，在索契时没有得到很好的治疗，已经转成慢性肺炎了。医生建议我休学至少一年。所以……再见吧，薇拉，也许再也不能见了，祝你好运。”

柳博芙说着，转身走进了病房，把门关上。竺心藜呆呆地站在走廊上，脑子里一片空白。

柳博芙果然申请休学一年，到外地去疗养了。竺心藜孤独地度过了在苏联学习的最后一年。她把时间和精力完全扑在了学习上，终于在 1961 年的 7 月，以全优的成绩拿到了学士学位。

在这一年中，托利亚每个星期都会写信来。这些信件让她很为难，不知该如何处理。在临走前的一天，她悄悄来到莫斯科河畔，把整整一捆从未拆封的信件沉入了水中。

归程随即到来。回国的车票也被送到了她的手里。真的要走了。竺心藜的心在临近登上归国列车的那一刻，煎熬到了顶点。她反复地想着，柳博芙听到她离开的消息，会有什么样的反应——如果柳博芙知道她就这样不辞而别，该有多伤心啊。虽然那天在医院里，她们俩的对话也让她心如刀绞，可她相信，那些绝不是柳博芙的真心话。她犹豫该不该去安德烈耶夫娜家一趟，即使柳博芙不在，也该向安娜道个别。

然而犹豫着犹豫着，一声令下，所有毕业的中国留学生就统一出发了。时间极其紧张，办完了各种手续，竺心藜连张纸条都没顾上写，就匆匆忙忙地跟随一大群人涌进车站，上了车，找到座位，放好行李，整个过程脑子里一团乱麻。

正在忙着，身后有人喊她名字："心藜!"竺心藜回头一看，原来是沈萤。她也毕业了。她们是同时来的，自然也同时回去。

"四年了，日子过得真快。"大概有半年多没见，沈萤似乎瘦了些，脸没有原先那么圆润，气色也不是很好。竺心藜想起刚来的时候，沈萤那红扑扑的苹果脸，满脸天真烂漫的笑，再看看现在的她，已经看不到那种孩童般的气息了。

“嗯，真快，我们这就毕业回国了。”她望了望窗外，黄昏还有些明亮的光线，月台上站着不少送站的人。这一次，不知具体是什么原因，归国的留学生没有包到直达中国的国际列车。他们不得不跟苏联乘客混乘同一列火车，而且必须在漫漫旅途上换乘好几次才能回到国内。这种境况，和当初他们来的时候所得到的待遇，已经不可同日而语了。

“心藜，你说回去以后，会怎么安排我们呢?”沈萤也看着窗外，嘴里问道。

竺心藜摇摇头：“我也不清楚。通知上不是说让我们先到外语学院集中学习一个月，再分配工作吗?”

“你想去哪里工作啊?”

“我……”竺心藜语塞了，她不是没想过，但是没想好，“服从分配呗，组织上让我去哪儿我就去哪儿。”

沈萤也没再问，只是感叹地说：“这一走，不知道还能不能再来呢。”她的眼神里有些留恋，但没有说出来。

竺心藜明白她的意思。这也是她感到惆怅的原因。看现在的情势，与苏联的同学朋友们再见，恐怕是遥遥无期了。柳博芙已经一年没有了音讯。她若知道自己今天就要永久地离开，会怎么想呢？会有一点难过吗？还是像她说过的那样，再也不想见到她?

“我下去走一走。”她胸中一阵烦闷，看开车还早，便向沈萤打了个招呼，穿过拥挤的通道，走下了车。

站在月台上，竺心藜闷闷不乐地盯着车轮看，其实她什么都没看见，心里翻来覆去地回忆着一年前在医院里跟柳博芙见面时的情景——现在想来还令人心痛。为什么柳博芙不明白，自己为了掩盖对托利亚的感情，有多么辛苦！她绝非有意横刀夺爱呀。

离发车还有不到十分钟了，送站的人渐渐散去，乘客也大都回到了车上。月台变得冷清了，竺心藜却还呆呆地站着不动。

沈萤跑到车厢门口大声喊道："心藜，你怎么还不上来啊！要开车啦！"竺心藜好像被这喊声惊醒了，抬起头看见沈萤从车厢门口露出半个身子，正使劲地朝自己挥手，只好向她慢吞吞地走过去。

这时，一个熟悉的声音从远处传了过来："薇拉！"

竺心藜猛一回头，只见一个身影从进站口冲了过来，一边挥手一边高喊，那头红发随着她的狂奔，像一团火在暮色中燃烧。那是她一年未见的柳博芙。

柳博芙穿着一身满是颜料点子的衣服，竺心藜认得那是安娜的工作服。一看她就是猝不及防得到消息，从家里直接赶来的，连自己外出的衣服都来不及找。

"柳芭！"竺心藜连忙迎了过去，两人紧紧拥抱在一起。

黄昏已经降临，站台的灯齐刷刷点亮了。分开拥抱之后，竺心藜看清了柳博芙的脸，她眼里含着两颗晶莹的泪珠，隔着黑框眼镜那厚厚的玻璃镜片，泪珠闪着光。

"柳芭，你怎么来了？"竺心藜问，"身体好点了吗？"

“我早就回来了，一直在家里休病假，没有跟你说。今天是瓦尼亚老师往我家打电话，告诉我说你要走了，眼看就要上火车，我马上就往车站跑，真怕赶不上见你一面……”柳博芙说。

“对不起，柳芭，我没有早点告诉你……”竺心藜歉疚地说道。

“别说这些了，不必说！是我错了！那天我在医院里对你说的蠢话，请你全都忘掉！薇拉，答应我，我们永远都是最好的朋友！就算以后我们再也见不到，我们也永远是最好的朋友，答应我，好吗?!”柳博芙声音微微颤抖地说道。

竺心藜迟疑了片刻，用力地点点头。

“谢谢!”柳博芙泪水夺眶而出，再一次紧紧抱住竺心藜，“你还有什么话要对托利亚说？等他回来了，我会转告他的。”

听到托利亚的名字，竺心藜心口微微一紧，也许是这诀别的氛围使得她比平时更加脆弱，她的眼睛也发热了。但她习惯性地努力地把心里的波动按捺住，脸上没有流露出一丝动容。有些话，既然没有早点说，此时此刻，再说无益。

“我没有什么要对他说的。”

“没有？怎么会没有呢？一定有的！一定有的!”柳博芙抓住她的肩膀，看着她的眼睛说，“薇拉，求你了，对他说点什么吧！他是那么爱你！别顾忌我，我愿意帮你给他传话！他要是知道你就这么走了，会很难过的！”

“柳芭，我真的没有什么要说……好吧，那请你转告他——虽然我一直都是这么对他说的——那就请你帮我再告诉他一次，我和他只是普通的同学关系，我并不爱他，一点都不爱。”

柳博芙听了这话，怔怔地松开手，惊讶地瞪着竺心藜：“你真的不爱他?”

“我真的不爱他。”竺心藜用强调的口气又说了一遍，认真地盯着柳博芙的眼睛。她在心里暗暗地说：“相信我，相信我吧！我把这句话说得这么像真的，一定要相信我!”

柳博芙还是一脸诧异地看着她。这时，发车的铃声响了起来。车厢门口传来沈萤焦急的喊声：“心藜！真的要开车了！赶快上来吧!”

竺心藜回头喊了一声：“我来了!”便握住柳博芙的双手，使劲地晃了晃：“我要走了……祝你幸福，柳芭，还有安娜、叶甫根尼、亚历山大，还有……亲爱的朋友们，祝你们永远幸福，再见!”

一口气把话说完，她放开柳博芙，转身快步跑上了车。

车徐徐开动，柳博芙跟着火车轮跑了起来，她使劲地挥动手臂，嘴里喊着：“薇拉！薇拉！竺！心！藜……竺！心！藜！平安！平安!”

竺心藜靠着车窗，含泪望着她奔跑的身影逐渐变小，慢慢地消失在黑夜尽头。

很久很久以后，竺心藜想起柳芭在月台上奋力追着火车的样子，总是忍不住泪流满面。她好希望自己当时握住那双温暖的手时，能真诚地说出心中那些想说的话："柳芭，你和托利亚，都是我深爱的人，你们的幸福，就是我的幸福。"

经过一个星期的长途跋涉，几番辗转，竺心藜风尘仆仆地回到了朝思暮想的北京。下车之后，他们被统一带到了外国语学院，又开始了像四年前一样的集训生活。

进了分配好的宿舍，竺心藜顾不上别的，赶紧先整理东西。整整一周时间，她带着行李在不同的车站转车，简直是颠沛流离，她担心会有什么差错。别的她不在乎，怕的是收藏了这四年所有听课笔记和作业、论文手稿的那个小包遗失。那可是她最重要的宝贝。

左翻右翻找到了小包，竺心藜刚松了一口气，就看见沈萤兴冲冲跑进来："心藜，楼下有个老伯伯，说是来看你的。"

竺心藜愣了一下，立刻明白了是谁，她扔下刚才还死死攥在手里的小包，撒腿就往楼下跑。

林有松就站在门廊那儿。一片初秋的阳光把他的轮廓描成金色。他还是那么清瘦，数年未见，头发更加花白了，一套整洁的藏青色卡其布中山装，平平整整地穿在身上，纤细文雅的金丝眼镜换成了宽框的黑色玳瑁边眼镜。这会儿正是午饭时间，宿舍楼里上上下下进进出出的人很多。他正努力地眯起眼睛来在人群中搜寻着。

"林叔叔！"竺心藜大喊一声，连跑带跳地向林有松冲了过去。

林有松立即看到了她，脸上露出慈爱的笑容来。他向竺心藜招了招手："心藜!"

竺心藜跑到林有松面前站住，一边喘着气一边说道："林叔叔，你怎么来啦?"

"我当然要来，自从听说你要回北京，我这掰着指头盼着呢，好不容易才等到你。心藜，快让我看看，在苏联呆了这几年，胖了还是瘦了？身体怎么样?"

"我很好，结实着呢!"竺心藜嘻嘻笑着，拍了拍自己的胸脯。

"健康就好，健康就好。走，跟我回家去，我让你阿姨给你做了顿好吃的。"

"阿姨?"

"我的爱人，她姓叶，你叫她叶阿姨吧。"

"好！我还没见过叶阿姨呢，我走的时候，她不是还在浙江吗？现在已经调到北京了?"

"是的，调过来了。不过我一直很忙，家里的事，全是她在操心。今天她在家给你准备了一桌好菜，就等你了。"

林有松的妻子叶雨是浙江人，曾是宁江大学中文系的外国文学教授。林有松到北京工作之后，她暂时留居在杭州，一年前才办妥了调动手续。好不容易夫妻团聚，林有松却一直在天南海北地做气候调研，夫妻俩还跟分居两地时一样，难得见面。叶雨知道丈夫做的事是他自从学了气象之后就迫切想做，却始终没有机会做的，如今这项工程终于得以付诸实施，她自然是全心全意地支持。

本来林有松仍在外地，知道了竺心藜要回来的消息，他特地赶回北京迎接。叶雨与林有松结识得晚，不认识竺润生夫妇，她听丈夫讲过，这个女孩子，是他最要好的老同学夫妇留在世上唯一的女儿，身世虽凄凉，却勤奋好学，活泼开朗，是个非常惹人怜爱的孩子。她心里也早就盼望能与竺心藜相见。

竺心藜请过了假，便跟着林有松回了家，一进门，叶雨热情地迎了过来。

竺心藜有些羞涩，她对林有松就像对父亲一样，自然是不拘礼的，但这位叶阿姨她第一次见，难免不知所措。

她抬头看了看，叶雨四五十岁的模样，白白净净的瓜子脸，大大的眼睛，高高的鼻梁，精巧的嘴唇，容貌仪态不失风韵，但有几道细细的皱纹，深深刻在眼角眉间和额上。简单而又时髦的大波浪短卷发形状很美，发质却十分枯干，鬓角还有许多发黄的白丝浮现。这些容颜上无法遮掩的苍老迹象，显示出她多年来所经历的辛劳和疲惫。

“心藜吧？真是个漂亮的姑娘！”叶雨亲热地拉住竺心藜的手，顿时，一股温热从她的手心传到竺心藜的手心，“快进来，你们怎么才到家啊，我这菜都做好了好久了！”

听着她满是关爱的抱怨，竺心藜微笑着致意：“叶阿姨好！对不起，让您久等了。”

林有松一边关门一边说道：“今天周末，大家都出来玩，乘公共汽车的人特别多，第一辆车，我们两个书呆子都没挤上去，就等下一辆啰。你看你，着什么急?”

“我怕菜凉了呀！再热就没有刚出锅那么好吃了，我的手艺就要打折扣了呀!”

“好好好，心藜，你叶阿姨对自己的厨艺很自信，你待会可要多吃几碗饭，争取把菜都吃光，不然她不高兴哦!”

竺心藜忙点头：“好!”

叶雨轻轻一拍林有松的肩膀：“你瞎说啥，谁会不高兴，我就是想让孩子吃好嘛。心藜，你在苏联都是吃西餐的吧？黄油面包什么的我们中国人不习惯的。你一定好久没吃到像样的中国菜了，阿姨做的，都是你林叔叔说你爱吃的，你真的要多吃点呀，看看，你还是蛮瘦的呢。小姑娘可得吃胖一点，不能太瘦了。不然呀，以后生孩子都受影响。”

竺心藜听到“生孩子”，脸一红。

林有松忍俊不禁：“你少说两句吧，看把心藜说的，多窘啊。”

叶雨自觉失言，连忙说：“不好意思，不好意思，那我再去端个菜，你们赶紧吃啊!”说着，笑眯眯地进了厨房。

有一点叶雨说对了，竺心藜在苏联的三年多里，天天只有大列巴和红菜汤、火腿这样简单的俄餐。安娜做的饭虽然很好吃，也是俄罗斯风味。学生宿舍里有瓦斯炉，能自己做饭，但为了把时间尽量用在学习上，竺心藜还是以吃食堂为主，有时候实在不想吃西餐，就啃啃饼干算一顿，要说不惦记中国菜，那是假的。她在梦里常见到黄澄澄的烤鸭，片得薄薄的，像金色的树叶一片一片地飘到眼前，叫人忍不住想去抓住，可一伸手就醒了，明明都闻到香气的烤鸭瞬间消失无踪，那种沉甸甸的失落感，让她觉得自己好像安徒生童话里那个卖火柴的小女孩，凄凉，孤独，可怜。

现在看着一餐桌色香味俱全的家常美味，她还真有点管不住自己的嘴，刚开始还稍微拘谨些，很快就放松了，比在柳博芙家吃得还不亦乐乎。林有松夫妇坐在一旁看着她吃，脸上的表情又好笑又心疼。叶雨忍不住用胳膊肘一碰林有松："瞧啊，这几年肯定是光顾着念书了，饭也不好好吃，肚子里根本没有油水嘛。"林有松点点头："看来准备得还不够充分，下次你要多做一点。孩子不够吃的。"

两人一边聊，一边偷眼看竺心藜风卷残云般把桌上的饭菜全打扫进了肚子里，还顺手抄起一个馒头，把菜盘里剩下的一点菜汤都抹干净塞进嘴里。等馒头咽下去，竺心藜才发现自己把一桌子菜差不多吃完了，脸顿时变得通红："哎呀！真是的，我怎么都吃了呢！叔叔，阿姨，我都没给你们留……"

叶雨忙摆手："不用给我们留！你尽管吃！吃饱了没有？肯定是没吃饱，我再去给你下碗面。""我吃饱了，阿姨！阿姨！"竺心藜话音未落，她已经钻进厨房忙活去了。竺心藜想站起身去叫她回来，林有松说："心藜，坐下，让你阿姨去忙，我跟你谈点事。"

知道林有松有正事要说，竺心藜连忙擦擦嘴坐好。

“林叔叔，什么事啊?”

“你留学回来了，有什么打算?”

“听说集中学习结束以后，就给我们分配工作了。到时候，我服从分配。”

“当然要服从分配，但是你自己也可以有个方向上的想法嘛。你有没有什么目标呢?”

“我……”竺心藜语塞了，她不是没有想过这个问题，但确实并未想得特别具体。当初决定学气象，是为了父亲，也是为了林叔叔，为了他们心中那个治天为农的梦想，可那只是学业上的选择，如果要谈到人生最终的职业选择，她还是有点迷茫的。

会把她分配到哪里去?是继续在机关或科研院校搞理论研究，还是到这个由无数细胞一般的基层站点组成的行业里最小的那个末端去?

看着她略显迷惘的眼睛，林有松问道:“你在莫斯科大学读书的时候，对冻土带气候研究了解多少?”

竺心藜一愣，冻土带气候研究，那是托利亚的专业方向，在柳博芙家的餐桌上，她也听托利亚谈过这个课题，柳博芙会跟他讨论，她则很少参与，一来不好意思跟托利亚说太多话，二来，遇到不怎么懂的东西，她更喜欢倾听。不过，自从林有松的来信中提到了冻土带气候研究，她也上了心，图书馆的相关专著看了不少，有机会的话，也会去旁听这方面的报告和讲座。

“有一点点了解吧，不太多。”她老老实实地回答。

“是这样的，心藜，你知道，中华人民共和国成立以后，青藏高原上已经开辟了一条公路，这条公路给当地的经济建设和老百姓的生活带来的利益和影响是非常巨大的。但是，公路的运载能力毕竟有限，要打通青藏高原与内地之间的联通渠道，还需要另一样东西。”

“什么东西?”

“铁路。”

“铁路?”

“是的，青藏铁路。”

“国家要建青藏铁路吗?”竺心藜有些激动地大声问道。要知道，在永久或半永久冻土层上造铁路，与造公路的概念完全不同，需要好几个体系协同工作。只有对冻土带的气候和环境有十分清晰的了解，并掌握足够应对冻土病害的技术手段，才能完成这个项目。即使建成之后，如何在极其恶劣的自然条件下维护它，也是一个困难重重的浩大工程。

“从西宁到格尔木的路段已经建好了。只是那段路不经过冻土区。要建成完整的青藏铁路，就一定要在永久和半永久冻土层上施工。当然，那不是现在就要做的事，但总有一天是要做的，”林有松说道，“铁道部和中科院联合进行的相关调查和科研工作已经启动了，将来气象也会参与。”

竺心藜点着头：“太好了，这可是个了不起的创举啊。苏联在西伯利亚早就有了一条建在冻土带上的铁路，我们去的时候，火车走的就是这条路。”

“苏联科学界对西伯利亚冻土带的研究非常深入，这是在冻土上进行建设的一个先决条件。但我们对青藏高原的冻土带所知甚少，简直可以说是一片空白。”

“是啊，这种情况下，建设铁路是不可能的呀。”

“这不着急。我们可以先从基础做起，先做理论和资料的准备工作。心藜，就算我们这一代人实现不了建青藏铁路的梦想，我想，你应该能看到铁路横穿青藏高原的壮观景象。”

“我？能那么快吗？”

“对。这个时间不会很长的。三十年应该够了。那个时候，你才五十岁，正是作为一个科研工作者，在学识和经验上最丰富、最成熟的年纪。去年我去了一趟青海，和青海省气象局的领导们谈了很多，他们说，现在青海很需要冻土带气候研究方面的人才。你还记不记得，你在苏联时，我给你写过一封信，信上说起过这件事。”

“我记得。”

“现在你回国了，正在考虑到哪里去的问题。我对你有一个建议，就是去青海省气象局，加入到冻土带气候研究的工作中去，那里有你大展拳脚的空间。”

“什么？去青海？”叶雨端着一碗热腾腾的葱油面回来，正好听见林有松的这句话，不由得惊叫起来，“老林，你怎么啦？心藜一个北京姑娘，叫她孤身一人去青海那么远的地方，那可怎么好呀？”

林有松笑了笑：“我只是提了一个建议嘛。”

“哎呀，你就不该提，心藜留学回来，是国家最需要的人才，当然应该留在北京，留在条件好、环境好，更有利于她未来发展的地方。”

林有松转向竺心藜：“心藜，你说呢？”

竺心藜看看林有松，没有立即回答。

叶雨说道：“心藜，听阿姨的，在北京的科研院所工作，一样可以研究那个什么冻土带的嘛，去青海，你一个姑娘家家的，人生地不熟，怎么弄啊！我们也不放心的呀！”

“阿姨，我早就长大了，能照顾好自己。过去这四年我一个人在苏联，不也是过得挺好的。去青海，再怎么说也是在国内，还能比外国更人生地不熟嘛。”竺心藜笑着说。

“你看看你看看，孩子让你鼓动起来了！”叶雨瞪了林有松一眼，“先吃面再说！”

竺心藜与林有松相视一笑，便揽过面碗，大口大口吃起来。

九、高原的故事

1961年的春天，青海省气象局在本省的初中毕业生中招收了一批气象观测员。为了把这些才十几岁的学生娃们培养成合格的观测员，省局为他们开办了培训班。刚分配到这里来还不到一个星期的竺心蓼，当上了这个培训班的班主任。

自从林有松向竺心蓼谈起去青海省气象局工作的事之后，这个念头就在竺心蓼的心里盘桓不去。集中学习了一年，要决定留学生们的去向时，竺心蓼向组织递交了一份要求到青海省气象局工作的申请。很快，申请就被批准了。青海省气象局捎来话：翘首以待。

消息传开，留学生们议论纷纷。按照之前留苏学生的分配情况，他们中的大多数人都可以留在大城市，在科研院所、高校和国营厂矿得到安置，竺心蓼又是北京人，在北京安排工作那是顺理成章的，可是她竟然主动要求去青海，这让很多人感到难以理解。跟竺心蓼并不在一个宿舍住的沈萤还特地跑来找她，一见面就问道："你好好的为啥要去青海那么远的地方啊？"

竺心藜笑笑："青海不是挺好的吗？青藏高原，世界屋脊嘛。"

"就是问你，为啥要去世界屋脊呀？那里氧气可是很稀薄的，到那里去生活，我的天哪，你还喘不喘气了？"沈萤不依不饶地问。

"我是学气象的，青海需要我这样的人。"

"哪里不需要呢？难道北京就不需要学气象的人了？"

竺心藜不知道该怎么回答她，只好强行扭转了话题："你有机会到青海来玩儿吧，到时候来找我，我一定奉陪。"

沈萤点着她的脑门："唉，你呀，真是傻！"

找了个星期天，竺心藜到林有松家拜访，告诉林有松夫妇自己马上就要到青海去工作了。叶雨听了大惊失色："心藜，你真的要去啊？"

"嗯，阿姨，青海省气象局的接收函已经寄来了。"

"这可怎么好，你一个小姑娘，跑到那么远的地方去，又没个照应……"叶雨不安地看看林有松，"有松，你说话呀，能不能想想办法？"

林有松一笑："好，我就知道你有志气。"

叶雨生气地拍了他手臂一下："我叫你劝劝心藜，你怎么还鼓励上了？"

"当然要鼓励，"林有松说道，"不留恋繁华的大都市，甘愿到艰苦的地方去，承担更大的责任，有这样的情怀，难能可贵。心藜，我没有看错你。”

竺心藜不好意思地说道：“林叔叔，我哪有那么伟大。是您告诉我，青藏铁路的建设项目就要开始了，我想为这个事业贡献我自己的一份力量。再说，青海这个地方，其实我一直都很向往的。”

“是吗？”林有松问道，“为什么呢？”

“呃……”竺心藜张了张嘴，却没有说话。她突然意识到，第一个对她提起青海的人，是托利亚；第一个让她看到青海湖绝美风光的人，也是托利亚。是这个人把青海、冻土带这样的字眼刻进了她的头脑里，他用自己热情的话语和精心拍摄的照片，在她的心田里种了一棵关于青海、关于青海湖的憧憬之树。时间过去好多年了，这棵树已经长出了郁郁葱葱的绿冠，变成了她终于要实现的一个理想。可是为她启蒙了这个理想的人，她却再也不能提起了。

那个在遥远异国的金色头发的年轻人，一定会恨她的，她莽莽撞撞地伤过他多少次！直到最后，连一句告别的话都没有对他说。更有甚者，临行前，她还让柳博芙捎去她坚定得像一块顽石的拒绝。

看竺心藜的目光低垂下去，林有松和叶雨互相看了看。他们不知道竺心藜心里在想什么，但也不打算追问。

一个月后，竺心藜又挎着她从苏联带回来的那个巨大的旅行包，坐了几天几夜的火车和几天几夜的汽车，被颠得蓬头垢面的，总算来到了西宁。

从北京出发的时候，已经确定分配到社科院工作的沈萤跑来抱着她哭了半天，她好不容易才劝住了。告别时，沈萤抽抽搭搭地说：“心藜，青海太艰苦的话，你一定要说话，我们老同学想想办法，让你回北京来。”

竺心藜笑着说：“放心，我绝不走回头路。扎根高原，就是我的梦想。”

“你呀……你就是有太多梦想了啦，”沈萤抹着眼泪轻轻打了她一拳，“女人嘛，总要现实点的。以后你就懂了。这一辈子，好好过日子比什么都重要啦！”

竺心藜一歪头：“我好好工作，就是好好过日子啊。”

“跟你说不通！”沈萤差点要生气了，“吃苦的时候别后悔！”

竺心藜没再说什么，心里却想起了林有松对她说的话。知道她真的要去青海了，林有松就像当初送她去苏联留学时那样，郑重其事地握住她的手说道：“心藜，你这一去，肯定会遇到很多困难，也很可能会吃很多苦。但不管怎么样，永远不要忘记你选择这个专业，选择这个工作时的初心。”

竺心藜用力地点了点头：“林叔叔，你放心！我就是我，不会变的！”

到了青海省气象局，刚办完报到手续，还没安顿好，局领导就向她布置了一个任务——新招来的观测员的开课不到两个星期，他们的班主任突然急性阑尾炎发作，住院做手术去了。局里一时抽不出人来接任，竺心藜来得正巧，这个全是十几岁孩子的培训班就交给她了。

竺心藜着实吓了一跳。她只做过学生，哪里做过老师？还得当班主任，不光要管理一大群孩子的业务教育，还要管他们吃喝拉撒睡。不管竺心藜愿不愿意承认，事实摆在那里，她自己还是个刚出校门的毛孩子呢，这活要怎么干？

局长安慰道：“小竺，你别紧张，我们这个观测员培训班开学以来，学生表现都非常好。这些孩子全是我们从全省各地的初中毕业生里精心挑选的，大部分都是农村孩子，很老实，而且每一个都是素质过硬，根红苗正，他们都很有上进心，很愿意学习，绝对不会在课堂上为难你的。”

“可是……我怕我不会上课……”竺心藜嗫嚅着说，“我还从来没有给别人讲过课呢。”

“怎么会嘛，”局长笑着说，“你上过北京大学，还是留学回来的高才生，给初学气象的孩子上个课，那不是手到擒来的事儿嘛！你可是将来要成为我们青海省气象部门业务骨干的人，拿出点自信来嘛！”

竺心藜尴尬地笑了笑：“好吧，我尽量……”

就这样，竺心藜到青海省局的第三天，正式走马上任，去接管那个培训班了。

培训班的教室在省局办公楼旁边的一溜儿小平房里。上课时间快到了，远远地能看见屋里坐着好多人，至少有三十个。竺心藜走到门外，又不由自主地停下了脚步。她把花了三天时间写好的教案抱在胸前，站在窗边悄悄往里面看了看。只见教室里的孩子们有的在看书，有的在看报纸，还有的坐前后排，三三两两捂着嘴，偷偷摸摸聊得挺欢。

竺心藜定了定神，暗暗对自己说道："加油！不就是教课嘛，竺心藜，你能做到！一定能！"连说了好几遍，她才觉得身上有了点勇气，赶紧一鼓作气迈开大步走进教室，登上讲台。

原本还有些窃窃私语声的教室，一下子变得非常安静。这些学员们大多是初中刚毕业，才十五六岁大，那一张张稚气未脱的脸齐刷刷像向日葵见到了太阳一样朝向竺心藜，一双双眨巴眨巴的眼睛半是好奇半是钦佩地盯着她看。

刚才把她推进教室的那点勇气，现在又没了，竺心藜站在讲台上，感觉脚底下的地都是软绵绵的，身体似乎要陷下去了。她不知道自己怎么这么紧张，也许是因为这是她有生以来承担的第一个真正的工作任务，心里实在没底。

她不敢回看他们，只好低着头，放下手里的教案，拿起手边的一本小本子，有点慌张地翻看着。她怎么也想不起来接下去要做什么，脑门上都开始冒冷汗了。

课堂上下的静默维持了一会儿，等不到老师发话，学员们交头接耳的低语声又渐渐变得明显起来。竺心藜听着讲台下一片嗡嗡声，心跳得越来越快，脑子里全是空白。

她死死盯着手里的小册子，可那上面黑压压的一行行字，她半个都没看进去。

"怎么办……怎么办……"她在心里焦急地问自己，"到底怎么办……我要在这里站到什么时候？"

这时，她听见一个声音问："老师，你是不是要点名啊?”

她猛地抬头一看，只见前排站着个女孩，梳了两条乌黑黑油亮亮麻花辫，穿着蓝色对襟棉袄，眉目如画，一双大眼睛闪闪发亮。

“啊?对对，我要点名，花名册呢?”竺心藜慌慌张张地在讲台的桌面上和抽屉里找起来，那个女孩用手指着讲台，笑眯眯地说道：“老师，你刚才翻的那本就是花名册，是我负责登记抄写的，今天上课之前，也是我亲手放上去的。”她的口音有点重，说话声音特别好听，清脆婉转，好像小黄莺唱歌似的。

竺心藜连忙抓起那本小册子一看，果然，上面的字原来是一个个的人名，字迹工整秀气，干干净净的。可见写这本花名册的人又认真又细心。

几个坐在后排的学员忍不住吃吃笑起来。那女孩扭头瞪了他们一眼：“笑什么，不许对老师没礼貌!”

她似乎在这群小学员中间还挺有威信，笑声立刻停止了。她转过头对竺心藜爽气地说道：“老师，你点名吧!”

竺心藜感激地看了她一眼，低下头念出第一个名字：“葛秀秀!”

“到!”

竺心藜抬头一看，那女孩正看着她，眼睛越发像两个弯弯的月牙，脸颊上两片红霞衬着她的笑容，明艳得如同花儿一样：“老师，我是这个培训班的班长，我叫葛秀秀，你有啥事找我就行。你叫我小葛也行，叫我秀秀也行。”

又有学员笑出声了，一下子带动了全班的欢笑，但这时的笑和刚才那略带嘲讽的笑不一样，是善意开朗、意味着接纳的笑。

笑声一下子缓和了竺心藜的心情。她点点头：“那我叫你秀秀吧。我叫竺心藜，天竺的竺，心意的心，藜草的藜。你们不一定要叫我老师，我比你们大不了几岁，你们可以叫我姐。”

“那我们上课叫老师，下课叫姐吧！”葛秀秀用她好听的声音像唱歌一样大声说道，脸上又一次绽放出灿烂的笑。

就这样，竺心藜认识了这个美丽纯真的小姑娘葛秀秀。没过多久，她们就熟悉了起来。秀秀的家在青海湖畔的一个村子里，她的梦想是当兵，招收观测员的人到他们村里来的时候，她还以为是来招兵的，高高兴兴地报了名，被录取的时候才知道不是去部队，而是去西宁的气象局。

这天秀秀和竺心藜下了课结伴去食堂，路上聊天秀秀说起这件事，竺心藜忍不住笑了：“秀秀，你也没想错，咱们气象部门原来确实属于部队呢，后来才转的。”

秀秀不好意思地说道：“我是来了才知道，观测员是干什么的。以前在老家的时候，压根没听说过，到这儿来以后，一开始也只知道是给公家的单位干活，别的两眼一抹黑，啥都不明白，傻死了。”

“没关系，不明白的，学过就明白了。观测员是很重要的工作，也可以说是整个气象事业的基石。”

“基石？那是啥意思？”秀秀不解地问，“刚进培训班的时候，老师也说过，干气象，可离不开‘观测’嘞！竺姐姐，你说，观测到底是做什么的呀?”

“气象观测，就是我们对地球的大气做的物理、化学方面的测量、研究和观察。这是一个非常庞大的体系，我们气象工作者，要通过对大气的各类观测，掌握数据和资料，并且对这些数据和资料进行分析研究。”

秀秀懵懂地眨着眼睛：“这些，课堂上听过了，可是竺姐姐，不瞒你说，我不咋能听懂，物理、化学，还能明白点，什么大气呀、资料呀、数据呀、分析呀……都是什么呀，听着跟天书一样……”她红着脸抱怨道。

竺心藜想了想：“这么说吧，假如，我们气象部门在你的老家村里建一个气象观测站，就是，盖一个房子，让观测员长住在里面，再开辟一块空地，摆上各种观测仪器——这些你也应该见过了——每天早上，观测员做的第一件事，就是去观测仪器那里，记录每一样仪器上的数据，气温啊，湿度啊，风力啊。要记住，是每天，一天都不能中断，这样我们连续观测十年以上，你老家村子那一带的气候规律，就基本上能够被掌握了。如果我们在全国各个地方，都建起气象观测站，建他几千几万，甚至更多个，就会形成一个观测网，观测网里的每个气象观测站都会拥有一个自己的气象资料库，我们把这些气象资料库里所有的数据集合起来，进行分析研究，那我们整个国家的气候规律，也就能被掌握了。每个地方有各自的气候规律，整个国家也有自己的气候规律。了解这些规律是很重要的，因为不管干什么，比如盖房子、修路、架桥、开船、开车、开飞机，气候都是必须要考虑的因素。”

秀秀似懂非懂地听着，眼珠转来转去，突然说：“要说到这个，我老家有可多可多的俗话啦，都是关于天气的，天要下雨、下雪、刮大风，这俗语里都有说道。我们那儿有句话，‘八月初一下一阵，旱到来年五月尽’，那说得太对了，只要八月初一下雨，第二年肯定大旱。竺姐姐，我说了你不要生气呀，你说观测员有那么多啥设备，每天还得记那么多东西，可是我们那儿的老农民，也没有观测啥的，他们看天——哦，说起气候规律来——可准了。”

“傻丫头，谁说老农民没有观测啊？他们当然有观测，只不过设备没有咱们这么先进罢了。他们呀，是用肉眼观测的。几千年的肉眼观测，也能积累起相当丰富的资料，可以大致上分析出一些天气变化的规律。但是，要论精确度，那可远远比不上我们现代化的专业观测设备和观测人员。”

“肉眼？肉眼是什么东西呀？”

“就是人的眼睛啊。”竺心藜还真没想到，秀秀这孩子连“肉眼”这个词都不知道。

秀秀指着自己的大眼睛问道：“竺姐姐，你管这叫……肉眼？”

“肉眼啊，怎么了嘛？”

“哎哟哟……肉眼……啥嘛这是……笑死我了！肉眼！”

秀秀被“肉眼”这两个字逗得抱住肚子笑软在地上，

竺心藜看着她，也忍不住哈哈大笑。

就在这时，一阵吵闹声从远处传来，止住了秀秀和竺心藜两人的笑。她们循声望去，只见办公楼前站着两个人，似乎正在争执。其中一个人情绪特别激动，声音也大，另一个人表情很无奈。竺心藜认识他，那是人事处的丁处长。

竺心藜和秀秀好奇地走近了一些，那个情绪激动的人正在嚷嚷："我好不容易才来一趟，就这么点要求，等了这么长时间了，你们总该给我个回复吧！"

"程云海同志，请你再等等，我们正在协调，很快就能……"丁处长说道。

"你们不是招了一个培训班的观测员吗？分给我一个就行了，一个就行，我不多要。"

"这些观测员刚开始学习，他们的分配方案，局里还没有讨论呢。"

"那什么时候讨论？我一年前就打了报告要人了，你们到底什么时候讨论？"

"工作总要一步一步来嘛！程云海，你别着急呀！"

"我怎么能不着急！那么重要的一个气象站，里里外外就我一个人，你让我别着急，那你去干干我的工作，到时候看你着不着急！"那个叫程云海的人脸红脖子粗地喊着。

丁处长也急了："你怎么说话呀？工作上的事，不得慢慢来吗？"

"你说我要怎么说话?！都两年了还不够慢？你还要慢到哪年啊?！"

秀秀在竺心藜耳边悄悄说："竺姐姐，你知不知道那个人是谁?"

竺心藜摇头："不知道，谁呀?"

"刚才丁处长叫他名字了，程云海，对吧?"

"嗯，好像是。"

"那我想起来了，他是雪山气象站的站长。"

"气象站站长?"

"说是站长，其实那个气象站就他一个人。"

"啊? 一个人的气象站?"竺心藜不是没听说过有人员配备非常少的气象站，但是只有一个人，还真是闻所未闻。

"这个事儿，我听老职工说过的，原来气象站里是两个人，他和他爱人。前年他爱人去世了，从那时候起，就剩他一个在站里了。"

竺心藜听了秀秀的话，不由得转过头仔细地观察起那个叫程云海的人。

即使生活在高寒地带，常年的风吹日晒导致人的相貌难免比实际岁数要沧桑很多，这个程云海看起来年纪也不大，最多三十五六。他身材高大，背部略有些佝偻，一头粗硬的头发半长不长地蓬乱着，肤色黝黑，体态瘦削，五官轮廓倒长得十分柔和秀气，有几分文弱书生的气质——不过他吵闹起来，还真是一点都不斯文，眼睛瞪得比牛还大，嗓门雷鸣一般。听他的口音，并不是本地人，腔调里带着江南水乡的味道。

不多一会，办公楼门口就聚集起了一群看热闹的人。

有人也认识程云海，忙着劝解，可是他一点都不买账，还是一个劲的嚷：“我就是要个人，就这么点要求，这是完全正当的要求，你们到底要给我拖到什么时候！”

“程云海，你太不像话了。”局长突然出现在楼门口，语气严厉地说道。另有几个局领导站在他身后，也是面面相觑。

程云海看到他们，停止了叫喊，把头气哼哼地一别。

丁处长连忙挥手把众人驱散：“行了，没什么好看的，都散了，该干嘛干嘛去吧！”

局长对程云海说道：“刚才我在开会，不知道你来。到我办公室去谈吧，别在这里闹了。”说着，转身又走进了楼里。

程云海没说话，闷头跟着他走了进去。

丁处长站在原处看着他们的背影，叹了口气，摇了摇头。

竺心藜赶紧跑了过去：“丁处长！”秀秀也紧跟着她。

“小竺，有事啊？怎么还不去吃饭？”丁处长看她们过来，连忙打招呼。

“刚才那个程云海，他是怎么回事？”竺心藜问道。

“他呀？没事，没事。他就是来局里想要个人。”

“要个什么人？”

“他那个气象站里只有他一个人，整整两年了，他有点吃不消，所以……没事，没事，这个事情局里正在解决。”

“两年了，都没有给他再配新的人？”

“虽说工作上确实需要，可是……咱们的职工也都有各自的困难，大家都是一个萝卜一个坑，”丁处长犹豫了一下，说道，“再说那个气象站条件非常艰苦。程云海呢，唉，是真不容易，当年他可是我们青海局分来的第一个学气象的大学生。哦，小竺，跟你一样，他也是主动打报告要求来的。他是南方人，家在浙江，那可是鱼米之乡，跑到我们这个高原来，是下了多大的决心啊。上山守站也是他自己申请的，后来，他还把刚结婚的爱人给带来了，夫妻俩在山上一住就是七八年。他的人品，那是没得说。”丁处长翘起大拇指。

“听说他爱人已经去世了？”秀秀在一边问道。

“唉，是啊！”

“那是发生了什么事啊？”竺心藜问。

“大前年的冬天，他爱人怀孕了。当时局里问过他，要不要让他爱人下来休养。他爱人说什么也不愿意把他一个人扔在山上。说是习惯了，没事儿。我们也就都大意了。到了转过年来的三月份，他爱人高原反应突然加剧，心脏病、高血压、肺炎，一起来了，最后重度昏迷，在山上根本来不及抢救，等隔壁山头边防部队的医疗队赶到的时候，人已经走了，还带走了肚子里的孩子。唉，说起来真是太惨了，他爱人很年轻，还不到三十岁，又怀着孕……”丁处长说到这儿，叹息连连，脸色也凝重起来，“那之后，程云海也好像变了一个人，以前是个很活泼开朗的小伙子，爱说爱笑，不管什么时候见到他，他总是开开心心的，可就两年时间，接触过他的人都说，现在是要么一声不吭，要么就发脾气，火爆得很。当然，因为他常年在山上，能见到他的人也很少。确实，局里对他关心不够。说实话，他自己还没提要人的事儿的时候，我们就在想办法，可是……要是能有人把他换下来，早就换了，他的身体也不太好，现在一个人在山上也没个照应，早该下来歇歇了。唉……”

丁处长摇摇头不再往下说。

竺心藜想起刚才见到的程云海，很难想象他曾是一个“活泼开朗”的人。她能感觉得到，虽然他的样子很愤怒，可从他的眼神里，流露出来的只是一种让人心疼的忧郁和重负之下的焦虑。

“好啦，你们快吃饭去吧。我还有事，就先走了。程云海这次下山，肯定是没打报告的，局长不定要怎么尅他呢。”丁处长说完，便快步进了办公楼，他大概是要去看看局长和程云海谈话的情况，要是程云海被骂得太惨，他也好去打打圆场。

秀秀拉着竺心藜：“竺姐姐，我们也走吧。”

竺心藜还是静静地站着，抬头望着楼上局长办公室的窗户。程云海和局长会谈什么呢？他会因为私自下山被批评吗？这次他能不能得到他想要的？

不知为什么，就在这一瞬间，竺心藜心中存下了这个人的身影，还有他眼里的无奈和悲伤。

吃完饭回来，竺心藜和秀秀又遇到了丁处长。他正步履匆匆从办公楼走出来，好像有什么急事要办。

竺心藜忙问道："丁处长，局长和那个程站长谈完啦？有什么结果？"

丁处长摇头说道："哪有什么结果呢，现在真是没有人，对了小葛，你们那个班的学员就要毕业了，局里考虑从你们那里调个人上山，你有没有推荐的人选啊？"

秀秀一吐舌头："我不知道呢。"说着，看了看竺心藜。

竺心藜心里莫名失落，好像满怀的希望落空了一样，她也觉得奇怪，与那个程云海连一面之缘都算不上，怎么会这么在意他的感受。

"那程站长呢？"竺心藜问。

"给局长好好批评了一顿。本来气象站就只有他一个，哪能说撂下就撂下。不说了，我急着帮他找车呢。万一赶不及今天晚上回到站里，明天的观测可就麻烦了。"

往培训班走的路上，竺心藜一直在琢磨着什么。秀秀看出来了："竺姐姐，你在想啥事情呢？"

"秀秀，我想去程云海的气象站。"

"啊？你没听丁处长说吗？那个气象站条件很艰苦的。你别看咱们在这地方，喘气还没啥问题，那山上真的喘不上来气的。我是土生土长的青海人，我都没有爬过雪山呢。"

"可是现在那里的工作真的很需要人。"

"姐姐，你可要想好了。这不是说句话那么轻松的事情。你看那个程站长，都守在那里快十年了，连自己的爱人都搭在那里了。那可是活生生的人命呢，去那里工作，真的不是闹着玩的。姐姐，你还是再多想想嘛。”

竺心藜不说话了。她不是听了秀秀的话害怕起来，而是觉得自己的想法还并没有完全成熟，现在说太多也没有好处。

晚上，竺心藜躺在床上，盯着天花板出神。

白天看到的那一幕又出现在眼前。

程云海几乎涨成了紫色的脸，那双因为激动而发红的眼睛，在他剧烈的晃动中好像昂然欲飞的粗硬的头发，在她的脑海里越来越清晰。

她突然想起了一个似乎已经很遥远的记忆。

在莫斯科，安德烈耶夫娜家里，安娜优雅地坐在画架前，凝望着一幅油画。画上，是一座深处北极圈的孤独的气象站。

“即使只是一个小小的气象站，它的存在也非常有价值，值得自豪。”——有人在说话，那是她自己的声音。

是的，作为一个气象工作者，对任何一个在世人眼中极其渺小的气象站，都应该有最高的敬意。那些远在荒漠，高居于山巅，隐身大洋海岛的气象站，几个人甚或一个人两个人的无畏坚守，是这个事业所能创造出来的高入云霄的丰碑的最坚实的底座。

像程云海这样的人，把自己的青春和家庭生活全部用来铸就这个底座，当他需要帮助的时候，她愿意走到他身边去。

第二天，竺心藜走进了局长办公室。

局长是军人出身，从穿着军装，到脱下军装，他在青海已经工作了将近二十个年头。

看见竺心藜走进来，局长把手中正在看的文件放下，亲切地问道："小竺，有事吗？"

"局长，我想申请去程云海同志担任站长的雪山气象站工作。"竺心藜平静地说。

局长眉毛一扬，露出惊讶的神情："去程云海的气象站？"

"是的。请您批准我的请求。"

"小竺，你对现阶段局里给你的工作安排有什么不同意见吗？"

竺心藜一愣："没有啊！"

"那你为什么突然提出要去程云海的气象站呢？"

"局长，突然是因为，我昨天才了解了程站长的情况，我觉得他一个人坚守在高山上，非常不容易，想必压力也很大，我想去跟他一起工作，帮他分担一下。"

"哦……"局长沉默了一会，"小竺，你是留学回来的高学历人才，又是林老亲自向我们托付的人，你来到我们青海省局工作，对我们的帮助非常大，把你放到基层台站，恐怕，有些大材小用。"

"局长，我不是什么大才，基层气象站的工作也不是小用，程云海同志和他的妻子做了很了不起的事，我是向他们学习。"

局长点了点头："看起来，你已经下定决心了？"

“下定决心了！”

局长站起身，走到她面前：“这样吧，我跟几个局领导商量一下，我的想法是，你可以去，但，只要有人能接替你，你就马上下来，毕竟，局里还有很多工作，也非常需要你。”

“只要让我去，我服从局里的安排。”竺心藜心中想着，不管怎样，能去马上帮助程云海就行了。

经过局里几个主要领导的讨论，决定同意竺心藜到雪山气象站驻站一年。消息传出后，秀秀跑去找丁处长，坚决要求跟竺心藜一块去。培训班结业在即，学员们的工作分配已经开始，秀秀的申请也得到了批准。竺心藜问秀秀为什么要跟自己一起去雪山，秀秀笑着说：“竺姐姐，你去哪我就去哪。”

不久培训班结束，两个人马上就启程了。局里帮她们找了一辆到青海湖去的卡车，并通知程云海下山到青海湖边来接她们。

坐在卡车上的竺心藜内心很激动。因为她终于要看到青海湖了。到西宁快一年，她都没有机会去看看青海湖。那可是当初吸引她到青海工作的原因之一啊。真正的青海湖是什么样子呢？她默默地想着。和托利亚送给她的照片是否一样？

想着想着，她睡着了。

“竺姐姐，醒醒！咱们到青海湖啦！”秀秀的声音在耳边兴奋地响起。

竺心藜猛一睁眼，一片宝石般的璀璨蓝色伴随阳光扑入眼帘。

大朵的白云在这蓝色的边缘处堆积，像团团暖和的棉絮。

在雪山之下，海一般蔚蓝的湖水，恬淡自如地起伏着，荡起无数优美的涟漪。

“青海湖……”竺心藜坐起身，极目远眺，眼中忽然涨满了泪水，“我终于见到你了……”

十、雪山上的气象站

程云海在约定的地方等她们。隔了半个月再见，竺心藜觉得他比之前见到的更黑更瘦了，精神也不是很好。

“程站长，你等我们很久了吗?”竺心藜连忙上前问道。

程云海没有马上回答，上下打量了她们一番，好像在自言自语地说：“真的给我送来两个女的啊?”

可能是因为他一个人生活的时间太久了，他所认为的“自言自语”，实际上声音很大。

竺心藜听了这话，不由得一愣，听他的口气，好像不是很欢迎她和秀秀。

秀秀性子爽直，马上接话道：“程站长，你跟局里要人的时候，说过要男要女了吗?”

程云海摇了摇头：“没有。”

“那不就是了，革命工作不分男女，别说男女不由得你挑，就算由得你挑，你凭什么不要女的?”

“我没说不要女的啊，”程云海被秀秀一顿抢白，没脾气地辩解道，“我是个光棍，你们两个女孩子，在我那儿不方便。我就是这么想的，没别的意思。”

“有什么不方便哪，难道你那儿就一间屋吗?”秀秀不满地说。

“是啊，就一间屋啊。”程云海认真地回答。

秀秀“啊”了一声，转头对竺心藜说：“竺姐姐，他那就一间屋，我们怎么办!”

竺心藜不知道如何回答。来之前她完全没想过这个问题。气象站以前只有程云海夫妇住，不需要分男女宿舍，现在她和秀秀来了，男职工和女职工自然要分开睡，可她没想到，那里并不具备这个条件。

程云海脸上突然绽放了一个大大的笑容，一嘴白牙都露出来了。他大大咧咧地伸手从竺心藜肩头扒下鼓鼓囊囊的旅行袋，又拽过秀秀手里的包袱，全都甩到自己背上：“嗨，我逗你们的，有三间房呢，不过只有一间房有床，是住人的，另外两间，一间是厨房，有柴火，有灶，一间是办公室，只有桌子板凳发报机。你们来了，当然是你们睡床，我在办公室里铺个毡子睡就行。咱们快走吧，还得赶路呢。必须在天黑之前上山。晚饭我准备了好吃的，就等你们了!”

说话间，他已经健步如飞，走出十几米远。

竺心藜和秀秀赶紧跟上。

第一次上山，着实把她俩累坏了。越往上，空气越稀薄。竺心藜一向觉得自己身体不错，刚到西宁的时候，高原反应也并不明显，稍微适应了几天，就什么症状也没有了。但上了山才知道，在这里，高反的强烈程度远超西宁，加上攀爬耗费了大量氧气，走着走着，竺心藜已经觉得眼前金星乱舞，灵魂蠢蠢欲动，打算出窍了。

她停下脚步，看了看秀秀，秀秀也是脸色苍白，呼吸困难，嘴唇爆皮发紫，有点吓人。

“竺姐姐，我……我……我走不动……”

“秀秀，再坚持一下……”竺心藜知道如果自己也喊累，秀秀可能就真的再也迈不动腿了。她咬了咬牙，抓住秀秀的手，两人互相拉拽着继续向前走。

程云海在前面等着他们：“我说姑娘们，你们还能走吗？”

“能！”竺心藜用尽力气喊道。

“嘘嘘，”程云海连忙用手示意她别喊，“这儿肺活量本来就不够用，你省着点吧。点点头就行。能走，那咱们接着走！”

说着，他又大步前进了。

秀秀喘着粗气拽着竺心藜的胳膊说道：“竺姐姐，这个程云海可真行，爬这么高的山，走得就像在平地上一样。”

“那当然，他在这山上可是守了那么多年啊，早就习惯了。”

竺心藜环顾了一下四周，蓝天下，积雪和裸露的泥土岩石组成的斑驳山体空寂而又苍茫，程云海摇摇晃晃远去的背影在这个色彩单调的世界里，即使本身再高大，也显得十分微小孤独，让人心疼。

如程云海所说，他们终于在天黑前回到了气象站。

这座气象站坐落在不到顶峰的一处山间平地，这里已经在雪线之上，没有可见的土壤了。气象站的主体只是一栋低矮的小砖房，程云海告诉她们，观测场在离这房子大约五公里的地方。因为天色已晚，她们只能隐约看到远处有一些设备高高低低的影子。

程云海领她们进了屋子，就忙活开了。点炉子取暖，烧水，准备晚饭。竺心藜和秀秀也顾不上身体的疲累，把房间打扫整理了一番。说好了卧室给她俩用，把床铺好后，两人又把办公室也清理了清理，好让程云海晚上有地方打地铺。说是她们打扫整理，其实原本就很干净。看得出，程云海是个仔细的人，尽管一直只有他一个人住在这里，这房子却一点都不像是一个失去妻子的单身汉的住处。竺心藜忍不住夸奖道："程站长，你肯定是个模范丈夫，看看这屋子，收拾得多好啊。"

程云海沉默了十几秒钟，说了声"我去做饭"，就出去了。

竺心藜立刻意识到自己说错了话，连秀秀也埋怨道："竺姐姐，你说啥呀，他爱人都走了两年了，你还说他是模范丈夫……"

竺心藜朝自己嘴上打了一记："看我这笨嘴！"

秀秀千盼万盼终于盼到吃晚饭。她还记得在上山前，程云海说给她们准备了好吃的。等饭上了桌，她不禁面露失望之色。原来只是三碗汤面，有点油花，撒了些葱末，竺心藜和秀秀那两碗里各卧着一个黄白相间的氽水荷包蛋。

“这就是好吃的?”秀秀噘着嘴问道。

“嗯。尝尝吧。”程云海拿起筷子便吃起自己那碗来。

秀秀真是饿了，也不多说，端起碗来就吸溜吸溜地吃开了，这一吃，竟放不下碗。

“真好吃!”好不容易空出嘴，秀秀赞叹道，“面条又筋道，汤又鲜，程站长，这是谁做的?你做的?”

“当然是我做的，不然还有谁。”

“程站长，你要不干气象了，随便在哪儿当个厨子都行呢。”

程云海笑着说：“那我还是要干气象。再说也没那么好吃，是你太饿了。”

“不是不是，这面真的特别好吃，比我妈做的还好。”

竺心藜没说话，夹起自己碗里的荷包蛋，放进程云海碗中：“你吃鸡蛋吧，我不用。”

程云海好像被震惊了似的，一言不发，呆呆地看着鸡蛋。

秀秀和竺心藜面面相觑，不知道他发生了什么，怎么突然僵住了。

过了片刻，大颗大颗的眼泪从程云海的眼眶里滴落下来，顺着他的脸庞滑进面碗里。

竺心藜和秀秀看着他，有些不知所措，秀秀小心翼翼地问道：“程站长，你怎么了?”

程云海摇了摇头，想憋住自己的抽泣，却没有成功，索性放下碗，捂住脸呜呜大哭起来。

竺心藜从惊愕渐渐转向理解。她想，程云海只是太高兴而已，那么久没有人跟他一起吃饭，也没有人给他碗里夹菜，他太孤独了。应该让他尽情地释放一下。她示意秀秀不要再说话，两人默默地坐在程云海身边，陪着他号啕痛哭。

那天晚上程云海哭了好长时间，竺心藜和秀秀也陪他坐了好长时间。等他们终于结束了这顿初次的晚餐，走出房子时，才发现，山上下起了大雪。这幽静的山巅之间，雪花像无声的乐章，飘舞着，似乎在欢迎新来的居住者。

就这样，竺心藜和秀秀在气象站的生活开始了。这里的生活内容极其单纯，每天从清晨到晚上，有一个人值班，去观测场巡视仪器，记录温度、降水、风力的数据，用日照计记录一整天的太阳轨迹，记录日照的时间长度，并写下当天的天气现象，最后将记录完整的观测记录本交班给下一个值班员，周而复始，三个人就像进入了一个无限的循环。

这是竺心藜第一次接触基层气象员的工作，尽管做足了心理准备，一个月之后，她也感到了这份工作的极度单调和寂寞。而周围那一成不变的雪茫茫的自然环境，更是让她腻烦到几乎神经衰弱。直到这个时候，她才终于明白，当初安娜对她讲过的那个托利亚的父母的故事意义何在。她也更加感悟了程云海和他的妻子在这个地方坚守多年，究竟需要怎样超越凡俗的强大的精神力量。

三个人共同生活的最初，程云海非常沉默，竺心藜和秀秀有时候整整一天几乎听不到他说一句话。即使秀秀偶尔在记录时犯了小错误，被他发现，他也不说话，只是悄悄纠正了事。无论是去观测场，还是从观测场回来，他进出房门，从来不打招呼，即使迎面遇到竺心藜或秀秀，他也常常视而不见。关于这一点，他解释过，因为实在是没有这个习惯，太长时间孤身一人，他很难意识到周围存在别人。

竺心藜非常理解他。每当他一个人静静地待着的时候，她和秀秀都尽量不去打扰。

但是随着时间推移，渐渐地，程云海似乎发生了很大的变化。他的话多了起来，做完饭菜摆上桌时，也不再默默地把自己那份吃完就走开。

竺心藜带了画板、画纸和水粉颜料上山。从安娜那里学到的绘画技巧，她一直也没扔下。最开始的时候，程云海看见她在画画，都只是看一眼，不加评论。不知从什么时候开始，他成了竺心藜作画时的忠实观众。连整天黏着竺心藜的秀秀都不像他那样，坐在小板凳上一眼不眨地盯着竺心藜，眼神随着画笔的走向，在画板上滑来滑去。有时秀秀也忍不住笑着说："程站长，你咋像个小学生上课一样坐在竺姐姐身边呢?"

一天，竺心藜去观测场，秀秀跟她出来，神神秘秘地对她说道："竺姐姐，我跟你说个事。"

“什么事?”竺心藜一边打开百叶箱，一边漫不经心地问。

“我看程站长对你有意思呢。”

竺心藜眼一瞪：“说啥呢？别瞎说。”

“我没瞎说，我有证据。”

“小姑娘家，不要想那些好不好。”

秀秀着急了：“我真的有证据!”

“啥证据啊?”

“喏，你看嘛。”秀秀伸手从裤兜里掏出一把火柴盒大小的纸片，递到竺心藜面前。

竺心藜拿过来一看，那竟然是一幅幅精巧的水粉肖像画，画中的人像，显然就是她自己，各个角度的脸都有，画画的人笔法老道，用色精准，把竺心藜的神态画得惟妙惟肖，这水准绝非初学者。

“这是谁画的?”竺心藜惊讶地问。

“那还用说，反正不是我。”

“程云海?”

“答对了！我亲眼看见，他从你的颜料盒里挖了几块，又从你画坏了不要的那几张画上裁了好些小纸片，画了好多画，画的大部分都是……”秀秀笑着一指竺心藜，“你。”

竺心藜的脸一下子红了。

“姐姐，程站长喜欢你，你咋样?”

“什么咋样?”

“你喜不喜欢他呢?”

“哎呀什么啊，人家怎么就喜欢我了，他又没说。”

“他是什么样的人，你还不知道，他憋烂在肚子里也不会说啊。”

竺心藜歪着头看着秀秀：“奇怪了，他不说，你为什么要替他说?”

秀秀抓着后脑勺：“我着急嘛，我看他偷偷地画你不是一天两天了，他什么表示都没有，我都上火。”

竺心藜被她逗笑了：“你瞎掺合啥?”

“不是，咱们到气象站快一年了。他再不说，你走了咋办?”

竺心藜愣住了。

确实，不知不觉间，一年之期就要到了。当初跟局里说好，她只能在这里工作一年，一年以后，就会有人来轮换自己。

秀秀见她出神，忙推了推她：“你说是不?”

“那也不能你替他说啊!”竺心藜把温度计放进百叶箱，嘟囔了一句。

回到小砖房，程云海已经做好了午饭。他的厨艺这一年来竺心藜和秀秀早就领教了，尽管在雪山上给养时断时续，程云海从来没让她俩饿过肚子。即使大雪断路，十天半个月吃的用的送不上来，他也总能找到吃饱饭的办法。

看到两人回来，程云海招呼道：“快来吃饭吧。”

竺心藜坐在桌边，因为秀秀刚才说的话，心里有些混乱。她看看闷头吃饭的程云海，眼珠转了转，开口问道：

“程站长，你学过画画啊?”

程云海顿时呛住了，猛咳了半天。

秀秀噗嗤一声笑了。

“程站长，你怎么了嘛?”她一边问一边朝竺心藜眨眼。

程云海好不容易止住咳，望着竺心藜略带惊慌地问道：“你说什么?”

“我问，你学过画画没有?”

“哦……我……”程云海吞吞吐吐地说道，“我上大学的时候，在一个美术社团学过两年。”

“才两年?”

“那个……其实我父亲是个美术老师，我从小跟他学过一些。”

“噢……”竺心藜调皮地一笑，“我就说嘛，从你的画上看，你的绘画功底很深厚嘛，比我强多了。”

程云海的脸原本是黝黑的，这会儿黑中透着大红：“我……我的画?”

“你想画画的时候，就直接来拿我的颜料盒，我的那些画纸你也可以随便用，整张用吧，别客气，真的。”竺心藜真诚地说。

程云海站起来：“我吃完了。”随即落荒而逃。

秀秀捂着嘴笑起来。

以后的好几天，程云海看见竺心藜都躲着走。竺心藜也觉得自己有点过分，不应该拿他的画开玩笑。

这天是程云海值班，竺心藜特地去观测场堵他。

“程站长。”她迎着程云海走过去。

程云海站住了，手没地方放。

“小竺，呃，有事吗?”

“我向你道歉。”

“道什么歉?”

“可能你觉得我在嘲笑你。”

“嘲笑？嘲笑……什么……”程云海似乎冒汗了。

“我看了你画的我的画像。”

“对不起，我不是有意要冒犯你。”

“怎么会是冒犯呢？我很高兴，你把我画的比本人好看呢。”竺心藜微笑着说。

“不，比不上你本人好看!”程云海脱口而出，说完，脸一红，不敢看竺心藜，把视线转向别处。

竺心藜也有点不好意思了。其实那天秀秀对她说了程云海画她肖像的事情之后，她想了很多。

不可避免的，她想到了托利亚。

时间过得真快，她从苏联回来已经三年了。这三年里，她尽量克制自己，不要去想自己留在异国他乡的那份感情。她和托利亚之间，没有承诺，也没有期许。说到底，那也只是与幻影别无二致的仅存于心灵里的初恋吧。

林有松常常写信来，对竺心藜，他有着父亲一样敏锐的直觉。有一次，他在信里问竺心藜，她跟那个叫程云海的男同志是什么关系，为什么她的每封信里都会提到这个人。竺心藜这才意识到，自己对林有松谈到程云海的次数确实有些不同寻常的频繁。

当得知了程云海的大致情况后，林有松意味深长地给竺心藜写了一段话：

“心藜，我曾告诉你，不要去惧怕任何在你的生命中出现的对你有着特殊意义的人，现在，我还想对你说，更重要的是，不要错过那个对你的意义最为特殊的人。”

这段话，伴随着程云海的身影，深深地烙印在了竺心藜的心中。

托利亚是对她有特殊意义的人，那么程云海呢？是否是那个意义最为特殊的人？她一直都不能确定，直到秀秀拿出那几张小小的画像时，她剧烈的心跳，才告诉了她答案。

晚上，程云海接收到一封电报，通知竺心藜立刻返回省气象局，参加青藏铁路前期综合调研工作。这一夜，气象站无人入眠。

第二天，程云海起床，看到竺心藜已经起来，在忙着收拾行李，秀秀眼眶又红又肿地坐在一旁。他什么也没说，推门出去了。

秀秀抽抽搭搭地说道：“竺姐姐，你这一走，还会来吗?”

竺心藜一笑：“只要把局里分配的工作做完，我马上就回来。”

“你保证吗?”

“我保证。”

秀秀还是哭个不停。竺心藜到她身边坐下，抱住她问道："秀秀，你是不是不想在这里工作了？如果是，我回去跟局领导请示一下，看看能不能把你换下山去。当初你是因为我才来的，现在我把你留下，自己走，我也……"

秀秀连忙摇头："我不是想走，我不怕苦，也愿意跟程站长一起工作。只是……我舍不得你……"说着，她又哭了起来。

"好啦，等我完成任务，就一定回来跟你们在一起，好不好？"

"嗯。"秀秀含泪笑着点点头。

"对了，今天是检修设备的日子吧？"竺心藜看了看墙上挂的手撕日历。

"是的呢！"

"检修设备程站长一个人忙不过来，我去帮忙。"竺心藜站起来。

秀秀擦着眼泪拉住她："姐姐，你别去了，你还有好多东西要收拾呢，我去吧。"

"好，那我做饭，等你们回来吃。"

"好啊好啊，要好久吃不到你做的西红柿鸡蛋面了，我要多吃点，"秀秀撒着娇，抓起围巾往脖子上一绕，"等我们啊，竺姐姐！"

说完，她蹦蹦跳跳地出门去了。

半小时后，竺心藜把旅行袋的拉链锁上，准备去厨房做饭。算起来，程云海和秀秀这会应该正走在返回的路上。

临走前给他们做一顿好吃的吧。这么想着，她伸手拧开办公室的门锁，打算出门到厨房去。

意外的是，门锁开了，门却推不开。她又推了几下，仍然推不开。

竺心藜诧异地向后退了几步，只见门板轻轻地磕着门框，发出咯咯嗒嗒的声音，从门下的缝隙里，飘进来一片片的雪花。

这是怎么了？下雪了？下雪，为什么门打不开呢？

竺心藜用力再推，勉强把门推开了一条小小的缝，一股强风夹着雪花朝她扑打过来，竟将她瞬间打了回去，门也一下子撞上了。

竺心藜连忙跑进里面的卧室，那里有一扇小小的窗户，可以看到外面的情况。

扒着窗框往外面一望，竺心藜的心一下子被恐惧冻住了，她在这里住了快一年，从未见过阵势如此之大的风雪。眼前白茫茫密麻麻的雪花遮挡了一切，这是暴风雪！

她立即想到了程云海和秀秀，如果此刻他们正在山路上行走，这暴风雪对他们来说就是致命的。必须马上去接他们！

她回到大门前，用全身顶住门板，想把门打开。但努力了无数次，超强的风仍然不断地把她好不容易推开的门缝撞回去。她的头发和衣服已经完全被涌进来的雪花打湿了，风迎面拍击过来时，简直就像是一堵冰墙，撞得她根本无法呼吸。

不行！她对自己说，不能把云海和秀秀留在外面！不管怎样，我要出去找他们！

她决定豁出去了，退后到墙角，朝着门的方向，急速地冲了过去，想借助跑的力量把门冲开。

就在她撞在门上的那一瞬间，风突然瞬时消失，她随着门板飞了出去，可还没来得及落地，又是一阵强风袭来，门板重重地摔在竺心藜的头上，并将她整个人推回屋里。

她躺在地上，失去了知觉。

她再次醒来，是两天后了。唤醒她的是边防哨所的医疗队。

因为在暴风雪过后，气象站两天没有发报，省气象局联系不上他们，向边防部队申请了救援。

被送下山时，竺心藜并不清醒。她好像一直都能听见程云海和秀秀说话的声音。她残存的一点意识告诉她，他俩没事，都好好的，她可以放心了。

遗憾的是，等她在山下的乡卫生院里彻底醒过来之后才知道，那些都是幻觉。暴风雪发生时，秀秀和程云海确实正走在返回气象站的路上。他们正面遭遇了这场超级雪暴，秀秀辨不清方向，不幸坠崖，经过搜索，人们在半山腰发现了她的遗体。程云海被风雪中滚落的石头砸晕，在冰雪覆盖的山岩上躺了两天，肢体严重冻伤，已经被直接送回了西宁。

因为伤不重，只是普通脑震荡，竺心藜没有回西宁，而是只身返回了气象站。她知道，气象站不能停止观测。

秀秀走了，程云海也在西宁治疗，这里只有她了。

第一个独自守站的夜晚，躺在曾和秀秀一起躺着的那张床上，竺心藜终于忍不住，抱着秀秀留下的衣服，撕心裂肺地号哭起来。

十一、我们的爱

一个月后，竺心藜迎来了省局派来接替自己的同事。

“程云海怎么样了?”刚见面，她便迫不及待地问道。因为这一个月里，她试图与程云海联系，却始终得不到程云海的回音。

同事的回答，让她更加心急如焚。原来，程云海被送到西宁的医院后，就做了截肢手术，失去了双腿和几个手指。术后，他就失语了。医生说，他是得了创伤后应激障碍。

竺心藜回到西宁，立即要求去见程云海。丁处长自告奋勇陪她去。

程云海仍在住院。丁处长领着她来到病房门口，撩开门帘，示意她程云海就在里面。

竺心藜走进病房，看见窗前有一个人影，坐在一辆轮椅里。她的心抽搐了一下。虽然早已知道相见必然是这样的情景，但亲眼看见曾经身材高大的程云海，现在却蜷缩在一辆轮椅中时，她受到的情感和心理上的冲击还是如此强烈。

“程站长。”竺心藜迅速整理好心情，轻轻呼唤了一声。

那个人影却没有任何动静。

“程云海!”她提高了一些音量，人影依然沉默以对，毫无反应。

身旁的丁处长低声说：“小竺，我跟你说过了，要有心理准备，云海他现在就是这样，跟谁都不说话。”

竺心藜点了点头，迈步向程云海走去。

只有短短数米的距离，她却觉得走了很久。

“程云海，”她再次轻声的叫他的名字，“我回来了。”

静候了片刻，程云海似乎颤抖了一下。竺心藜转到他面前，蹲下身，她终于能看到他的脸，泪水决堤而出。

程云海面容枯瘦，下颌蓄着一把乱蓬蓬的花白胡子——因为谁也不敢用剃刀对着他，也不敢让他自己拿到剃刀，所以这两个月以来，他就没有刮过胡子。

“我回来了，看到我，你高兴吗?”竺心藜努力忍住继续崩溃的泪水，微笑着想去摸摸他的脸。

程云海躲开了，茫然地摇了摇头。

“有人接替我守着气象站，我才来的。别担心，站里一切都正常。”

程云海抬起原本耷拉的眼皮，看着竺心藜。

“心藜，”他开口说道，“谢谢。”

身后的丁处长被他这一声惊住了，用力一握拳，露出欣喜的神色。

“你谢我什么呀，气象站的工作本来就是我分内的职责。”竺心藜忍住兴奋，尽量平和地说。这是医生的嘱咐：不要在程云海面前过度表露情绪，以免感染他。

“我数着日子呢，已经一个多月了。都是你一个人在站里吧？你辛苦了。”程云海轻声说，“回来了，就好好休息。”

“嗯，我回来就不走了。我要在这里陪着你。”竺心藜用双手笼住他垂在空空裤管上的一只手。

“陪我？”程云海有些吃惊地问道，“你？”

“对呀。”

“不！你不要陪我！”程云海慌乱地说，“你走吧。离我远一点，我不想害你。”

“你怎么会害我？”

“我害了琴芬，害了小葛，我不想再害你了！”

竺心藜一下子没明白他说的琴芬是谁，不过只过了几秒钟她就想起来了，那是程云海的妻子，怀孕时在气象站突发急病，不幸去世的那个善良贤惠的女人。她只在程云海保存的结婚照片上见过琴芬的样子，细眉细眼，圆圆脸，有一副江南女子常见的婉约清秀的容貌。

“你在说什么呀，她们怎么会是你害的呢？”

“就是我！就是我！我没有保护好她们！为什么每次发生这样的事，死的都不是我?！为什么让我活下来，让她们死?!”程云海突然提高了声量，叫喊着，激动挣扎起来，竺心藜慌忙抱住他：“没事的，没事的，你活下来不是你的错！”

程云海听到她的话，失声痛哭。

竺心藜紧紧把他抱在怀中，这是她第二次看到程云海这样哭泣。第一次，她以为他是为了气象站终于来了新成员，自己不再独力支撑而开心，这一次，她才明白，他那时的哭，是因为他太自责。自从妻子去世后，他一直都生活在沉重的歉疚感中，现在秀秀也死去了，他把这些都归咎于自己。

护士将程云海推回病房注射了镇静剂，探视时间结束了，竺心藜和丁处长一起走出医院。

“丁处长，我想请单位给我和程云海开一个结婚证明。”竺心藜走了一会，突然说道。

“什么？结婚证明？”

“我们在气象站一起工作的时候就已经建立了恋爱关系，现在，我想跟他结婚。”丁处长惊讶地站住了：“小竺，你是认真的吗？”

“我是认真的。”

“你说你们建立了恋爱关系，局里怎么不知道？”

“我们还没有来得及说，就发生了那件事。但这是真的。”

“小竺，你是因为同情程云海，才要这样做吗？”丁处长严肃地问道，“你想照顾因公伤残的同事，这种精神我很敬佩，但婚姻可不是儿戏，那是一辈子的事，不能任性啊。”

“丁处长，我没有任性，我也不是仅仅为了照顾程云海同志才想跟他结婚的。这段时间我在气象站，一直都在考虑，我已经考虑得非常成熟了，我要跟程云海同志结婚，是因为我非常，非常，非常地爱他。”竺心藜坚定地说。

丁处长沉默了一会，又问：“程云海呢？他会同意？”

“他为了不拖累我，应该是不会同意的。但我会说服他。”

“那你先得说服他，你们双方意见一致了，单位才能给你开这个证明。”

竺心藜再来看程云海时，他的气色已经好多了，胡子也都已剃光。他嘴上不说，但竺心藜心里知道，她回来，他是开心的。

从那天开始，程云海也恢复了语言，尽管说得不多。医生已经向竺心藜交代过，程云海患上的是重度抑郁症。这种病的病人，总是沉湎在对过去的不幸回忆中无法自拔，对自己认为自己曾犯过的错误不能原谅，这样的痛苦已经损害了他们的神经系统，也导致其他生理机能严重的衰退，健康水平大幅度地下降，随时可能身心崩溃。程云海就处在这样的状况里，说生不如死，也不为过。这是那场灾难的直接后果，但也是他在长期的高山工作中，特别是妻子病逝后积累下来的种种精神压力的一个总爆发。就像一颗威力巨大的炸弹在他体内被引爆了，留下的只是一个空壳和里面的一片废墟。想要在这片废墟上重建他的精神世界，会是一个漫长而艰苦的过程。

竺心藜推着程云海的轮椅来到医院的院子里，尽可能和缓地对他说道："云海，请你跟我结婚吧。"

程云海愣住了："你……说什么？"

"我想跟你结婚。"

"你在开玩笑吗？"程云海的手微微颤抖起来。

"我知道，你会说你不愿意。但我想对你说的是，在爱情里，我们必须诚实。"竺心藜平静地说。

"诚实？"

"对，你爱我，你就该对你的爱诚实。"

"心藜，"程云海握住轮椅的轮子，阻止竺心藜继续推下去，"我们回病房吧。"

"你不爱我吗？"竺心藜站着不动，声音微微哽咽。

"请你推我回去。"

"你不爱我吗？"竺心藜仍然不动，只是重复着这句话。

程云海用自己的手转动轮胎，拐弯往住院部方向驶去。

竺心藜紧紧跟在他后面，一边追一边说道："程云海，你忘了在气象站的时候，你做过什么？你画了多少我的画像？！"

程云海一言不发，只是疯狂地转动轮椅的轮子。

"你不爱我，为什么画我呀？你现在想反悔了？程云海，你站住！你给我站住！"

竺心藜几乎是尖叫起来，院子里所有人都被吓了一跳，一瞬间空气似乎凝固了。

程云海也停下了轮椅，背对着她。

"我知道，你就是想反悔，但是我还知道，你不是真的想反悔。如果你不再爱我，我绝不强迫你，如果你还爱着我，我也不会放弃你。只要你爱我，无论发生什么事，我都要你兑现你的承诺，永远跟我在一起，把你的都给我，包括你的苦和痛，我一切都要。我说完了，你现在就给我一个答复，跟不跟我结婚?"

院子里的医生和病人都聚精会神地听着竺心藜的高声宣讲，等竺心藜说出"跟不跟我结婚"，无数双眼睛便带着各种各样的好奇、紧张和莫名的期待，齐刷刷地望向程云海。

程云海缓缓转过头，望着竺心藜。

两人静静地对视着，他们的心意随目光撞击在一起，闪着火花。

"你是不是在可怜我?"程云海终于开口说道。

"不是。"竺心藜坚定地回答。

"你要陪着这样的我活下去吗?"

"对。"

"你不怕将来后悔?"

"我不会后悔的。"

"我一无所有，连腿都没有。"

"只要你没有失去自我，对我来说就足够了。云海，我爱的是你，不是你的腿。"

程云海忍不住笑了，他将轮椅转了回来。竺心藜走到他面前，向他伸出双手。程云海问道："我值得你这么做吗?"

竺心藜含着泪点头说道:"值得!"

程云海把她的双手轻轻握在手心:"谢谢你,心藜。"

"那么,你愿意跟我结婚吧?"竺心藜问。

程云海沉默了几秒钟,说道:"我很愿意。"

所有人哗哗鼓起掌来。丁处长站在人群中,不停地抹着眼泪。

"那是我们单位的,我们单位的!"他一边哭一边笑,一边向周围的人们说道,"他们要结婚了!太好了!太好了!太好了!"

不久,程云海出院了。局里为他和竺心藜即将组建的新家庭分配了一间宿舍,在一栋五层的旧筒子楼的一楼。竺心藜将房间收拾得尽可能舒适便利,让程云海先住了进去,她等正式结婚之后再搬。

可是每次竺心藜想和程云海定下结婚的时间,都无法得到一个明确的答复。自从离开医院,程云海就像在房间里扎了根一样,再也不肯进入房门外面的世界。他好像不太想看到别人,也不愿意别人来看他。连竺心藜都很少有机会跟他说话。不知道为什么,虽然她每天都会去看望程云海,照顾他的起居,他却似乎总摆出一种逃避她的态度。两人偶尔面对面,她看到的往往是一双冰水一样沉静无波的眼睛,让她的心也跟着冷到刺痛。她知道这冷淡的神情不是对她的,却依然手足无措。

她悄悄地问过医生该怎么办。医生说,程云海现在心理上的抑郁状态是创伤后应激反应直接引起的，要改变抑郁，首先要让他逐步地从这种心理障碍中恢复。但创伤应激反应可能持续很长时间，病人时常会一连数日一言不发，情绪容易失控，有时难以沟通，有些重症患者甚至有自毁的倾向，这都需要家属做好充分的心理准备。

竺心藜征得领导的同意，放下了几乎全部的工作，与程云海朝夕相处。程云海问过她，青藏铁路的建设调研何时开始，她支支吾吾地搪塞了一番。其实，这项她一直梦寐以求想要参加的重要项目，为了能守护程云海，她已经放弃了。冻土区的初步调研即将结束，青海省局为这次调研专门进行的气象资料整理工作也已完成，而她只能眼巴巴地看着同事们为此忙碌。

同时，因为程云海的病情，竺心藜自己的精神也长时间地处在极度紧张的状态里。她从医生那里得知，像程云海这样背负着强烈内疚的患者，万一出现极端的情绪，自杀也是有可能的。一想到医生说过的这句话，竺心藜就浑身发冷，每到这时，她就要放下手中的一切事，马上去见程云海。有好几次，她上着班，突然有了不祥的预感，便慌慌张张地跑回了宿舍，敲开程云海的房门。

这些，程云海虽然不说，却清清楚楚地看在眼里。

一个星期六的早晨。天气有点阴沉，温度还算适中。已是初秋时分了，寒意明显地出现在空气中，窗外的树叶也在发黄，掉落。竺心藜像往常一样早早起了床，从食堂打了早饭，去程云海的宿舍找他。

她敲了敲门，屋子里没有人回答。空荡荡的走廊上，也是静寂无声。邻居大都已经上班去了。

她又轻轻敲了两下：“云海，你起来了吗？”

门那边，仍然是安静得可怕。

竺心藜的心又开始陷入恐惧，不由自主地狂跳起来，她提高了声音说道：“云海！你在做什么？你开门！快开……”她的话被门锁发出的咔嗒一声打断。门开了。

她愣愣地看着门缓慢地拉开了一道渐宽的缝，门轴吱呀呀的声音响成悠长的线。好像人的叹息声。

程云海在光线暗淡的门后出现。他背对着窗，坐在轮椅上，身前落满黑暗，像一座被削去一节的山峰矗立在夜色中。房间里依然严严实实拉着窗帘，只照进来一点微弱的晨光，透过窗帘的蓝白格，光的颜色也呈凄清的蓝色。

看着竺心藜惊惶未定的样子，程云海平静地说道：“对不起，我刚才换衣服，没有及时来开门。你着急了？”

“换衣服？”竺心藜还没有回过神来，“为什么换衣服？”

“我起了床，突然想出去走走。”

竺心藜一时不敢相信自己的耳朵。这是在家里养伤半年多来，程云海第一次主动提出要到外面去。当确定自己没听错时，她不知道该不该高兴，只好偷偷打量着程云海的脸，想揣测出他真实的心情。

“要不要我去找老王他们？”竺心藜小心翼翼地问。老王是后勤科科长。他早就说过，如果程云海想出门，就让竺心藜去找他，他会派几个小伙子来帮忙搬那辆沉重的轮椅。虽然给程云海安排了位置在一层的宿舍，但楼门前还是有一道距离不短的石头台阶要走。

“不用了，心藜，你能不能帮我把那个穿上?”程云海朝房间角落里摆着的那对义肢努努嘴。这是他出院之前在康复科配的，可拿回来之后连碰都没碰过。怕他看见，又希望他能看见，竺心藜在这样复杂的心境下，便没把那对价格不菲的义肢收起来。她总梦想着有一天他能自己勇敢地去尝试。

“心藜，我想吃大馄饨。我们苏北的大馄饨可好吃了。你去买点青菜、虾皮、肉，回来我们包大馄饨吃。”

竺心藜觉得程云海今天有点和往常不一样，又不知道是哪里不一样。他现在看起来确实很平静。他的平静也让她略微地感到了一点平静。看到他安详沉稳的目光，她觉得这是充满了希望的光，预示着这么长时间以来她和程云海所经历的一切不幸，终于将出现一缕淡淡的曙色。说不定程云海又能生龙活虎地行走在雪山上了——当然她也知道这不可能，可谁说不会发生奇迹呢?

想到这里，竺心藜不由得也开颜一笑，说道：“好，那我们就吃大馄饨!”

这天的大馄饨在青海省气象局变成了一个传说，因为特别好吃，好吃得让人怀念了几十年。

竺心藜去街上买回了程云海嘱咐的各种原料，面粉、青菜、猪肉，甚至好不容易在副食品商店找到了二两小虾皮。程云海看起来很高兴地装上了义肢，去厨房忙活了。

他让竺心藜安心去上班，回来就有好口福。

快到中午时，竺心藜有些担心程云海面对陆续下班的同事们会不自在，便早早收拾了东西准备下班，刚走到楼下，丁处长却叫住了她。

丁处长看了看她挎包里塞得满满的材料，问道："小竺，你回去还要加班吗?"

竺心藜点了点头："对不起，丁处长，有些工作我在单位做不完。"

丁处长连忙说道："你看你，对不起啥，我又不是在批评你。我知道，你每天大部分时间都用在照顾云海上了。他去复查你也得陪着，他去做康复练习你要送他。平时还要帮他做饭、洗衣服、料理家务……你太辛苦了。"

"我不辛苦，这是我很愿意做的。只是，云海他在康复方面不太配合。领导们能不能帮忙劝劝他?"竺心藜为难地说。

"我已经跟云海谈过了。"丁处长说。

"真的？你们谈了什么?"

"呃……这个嘛，小竺，你跟云海结婚的事，准备得怎么样了?"

"我随时可以跟他去登记啊。可是他总说再等一阵子，其实……"竺心藜犹豫了一下，还是决定说出来，"我觉得他似乎不想跟我结婚。"

"你有这样的感觉?"丁处长追问道。

"他还是介意自己的伤残吧，"竺心藜说，"我知道，他不是不想跟我在一起。"

丁处长沉默了几秒钟，鼓起勇气说道："小竺，有些事是不能勉强的。"

竺心藜惊讶地问道："您这是什么意思？"

"我的意思是，云海同志如果的确不愿意结婚，我们所有人都应该尊重他的想法。"

"您不是也看到了吗，在医院里，他同意跟我结婚了。"

"小竺，我一点都不怀疑云海同志对你的感情。"丁处长郑重地说。

"可是……"竺心藜还想说什么，有一个声音在她身后说道："小竺，云海不想成为你一生的累赘，更不想成为你成就事业的障碍。这是他作为一个男人的选择。"

竺心藜猛然回头，与局长深沉的目光相对，她好像有些懂了："他做了……什么……选择？"

"他要求调回家乡去，那里有他的母亲，在等他回去。浙江省气象局已经同意了，我们……也同意了。"

竺心藜呆呆地看着局长，又看看丁处长："他要回浙江去？那……那我呢？"

局长向丁处长点点头，丁处长拿出了一封信："这是云海留给你的。"

"留给我？他人在哪儿？"

"他已经去火车站了，坐今天的车到兰州，再从兰州去江苏，到了江苏，再去浙江就方便了。你放心，局里派了人陪他一起走，保证把他安全送到温州他老家。这会儿，"丁处长抬手看了看表，"已经发车了。"

竺心藜捧着信，依然呆呆地站在原地不动。一阵风吹到她脸上，她才意识到自己在流泪。

竺心藜回到程云海的宿舍——这里本来是她即将开始与他共同生活的地方，现在已经人去屋空。程云海临走前为竺心藜包了整整一百个大馄饨，一圈一圈地码在案板上。馅儿都鼓鼓囊囊的，从擀得薄薄的雪白的馄饨皮上，透出青翠粉红、看着就可口的菜肉碎的颜色。

晚饭时，竺心藜把那些馄饨煮了，挨门挨户送给邻居们，自己只留了一小碗。这一锅香气四溢的大馄饨，让这个寒冷的秋天夜晚变得又美好又悲伤。

竺心藜把门关上，坐在灯下，一边吃馄饨一边看程云海的信。

心藜：

这是我第一次，也是最后一次为你写下一封信。当它出现在你手中的时候，我想我已经离开青藏高原了。

我还记得我踏上这片神奇美丽的土地时，这里的阳光穿过纯净的空气，照耀着我的内心，那种感觉我永远也不会忘记。就像我第一次看到你，看到你的脸、你的眼睛、你的笑容、你哭泣的样子……你的一切都让我的心仿佛被阳光充满。认识你，我很幸福。

心藜，我承认，我还沉浸在过去的痛苦中。我把琴芬带上了雪山，她死了，因为我，小葛来到了雪山，她也死了，可我还活着，我不能接受这个现实。医生说，我这是病了。我必须客观理性地对待我的病。我不害怕，我也有战胜它的勇气和信心。

但我不能让你和我一起去面对这些。心藜，你是一个了不起的女人，你会成为一个了不起的气象学家。你有智慧，有学识，有恒心，更重要的是，你有为了我们共同努力的这个职业甘愿无限付出的精神。

我理解你的这种精神，因为我和你一样，因为我和你有同样的梦想。我也梦想有一天能听到火车穿越高原的汽笛声。我梦想我亲手记录下的每一个数据，都在为这汽笛声增添动听的旋律，让火车在这片水草丰美、格桑花开的土地上欢乐高歌。

我知道，为了实现这个梦想，很多很多的人，要走很长很长的路。今天，这条路我走不下去了，不是因为我畏惧退缩，而是因为我失去了前行的能力。面对我再也攀登不上去的雪山，我只能止步于此。

心藜，你还能继续走下去，为我们的事业，为我们的梦想，继续走吧！我是如此爱你，所以，我不能变成捆绑你的绳索。如果我放手，会让你奔跑得更远，我绝不吝惜，绝不迟疑。

谢谢你曾来到我身边，带来我生命中一段难忘的美好时光。若你离开，我会更加感激。

……

程云海走后，竺心藜便恢复了对冻土带气候的研究工作。堆积在她办公室桌面上的关于冻土带铁路建设方面的文献资料每天都在增加。她工作的时间，也几乎变成了全天候。人们劝她休息一下，不要给自己太大的压力，她只是沉默以对。

林有松也知道了程云海的事，他特地写信来安慰竺心藜。他说，他向浙江省局的领导打听过了，程云海回到家乡后，并没有留在省局机关，而是坚决要求去了一个海岛气象站。那个气象站远在海上，距离陆地有一两个小时的航程，也是一个非常艰苦的基层台站。不过，比雪山气象站好一些的是，站里还有另外五个观测员，程云海平时的生活不会像在雪山上那几年那样寂寞孤独，也有人能随时关注他的身心健康。

竺心藜终于放下心来。程云海没有变，他又有了新的工作，新的行程。而她，也将安心地在这里，继续谱写她的理想之歌。

十二、青海湖畔

竺心藜四十岁那年，林有松去世了。在他最后的日子，她赶回北京，来到他的病房。

叶雨坐在床前为林有松削苹果。看到竺心藜，叶雨的眼睛一红。

“你不要哭呀，孩子来了多高兴。”林有松安详地说。他的声音听起来很疲惫。

“林叔叔，对不起，我来晚了……”竺心藜歉疚地说。

“哪儿晚啊，不晚，你不必这么着急。我好好的。”林有松笑着说，“老叶，正好心藜来了，你回家去帮我拿本书。这里的，我都看完了。”他指了指床头柜上的一摞书，竺心藜用眼睛瞟了瞟，全是最新出版的气象学专著，有国内作者的，也有翻译作品，还有几本外文书。

“林叔叔，你病着怎么还看这么多书……”

叶雨站起来：“心藜，不要管他了，要不是有这些书，他在医院里根本躺不住。你这次要什么书啊?”

“我不看专业书了，你从你的书架上给我拿一本吧。中文的英文的都可以。”

叶雨走后，竺心藜在林有松床边坐下，拿起她削好的苹果，一点点切成小块，放进盘子里。林有松望着她的脸，问道：“还是一个人吗？”

竺心藜微微一笑：“嗯。”

“好久没有这样近地看着你了。心藜，你年纪大了，是不是该成个家了？”林有松心疼地端详着竺心藜。竺心藜知道，自己脸上已经有了许多皱纹，她早就不是离开林有松远赴青藏高原时的那个模样了。这么多年，她和林有松难得见面，即使见，也只不过是趁着开会的时机短暂地聚一聚。在她的眼中，林有松也是一年比一年衰老，多年积劳，疾病缠身，尽管壮怀依旧，他能够亲身参加的项目越来越少了。

时间过得好快。

“林叔叔，我现在工作很充实，没有想过个人生活。”竺心藜淡淡地说道。

“你和那个程云海，还有联系吗？”

“没有了。”竺心藜低下头，看着手中的苹果核。

“心藜，你曾为你的选择后悔吗？”

她坚定地摇了摇头：“我从来没有后悔过。”

“如果你想，就回北京来吧。或者，去你喜欢去的地方，也可以。”林有松沉默了一会，说出了他从来没有说过的话。

竺心藜愣住了。她抬起头看着林有松。她看到的是纯粹的父亲般慈爱的目光。

竺心藜含着眼泪，扑倒在林有松的胸前，轻声说道：“林叔叔，你知道吗？云海走了以后，我曾经……非常……想不通……”

“为什么？”

“因为我感到太孤独了。”

那是程云海走后的第三天，她破天荒地没有去上班，而是一个人来到了青海湖畔。她在这澄静蔚蓝的浩瀚湖水边坐了一整天，看自己带来的一叠旧照片。

那照片里有她亲爱的爸爸妈妈，有她的林叔叔，有她的童年，有她的少女时代，还有像她的亲人一样的秀秀和程云海。她看着这些照片，笑了又哭了，泪水干了，又流了出来。这些人在很远的地方，有的已经消失，再也无法寻找。

一张风景照出现在她眼前。照片上黑白斑斓的青海湖风光与照片背后彩色的真实的青海湖神奇地重叠在了一起。记忆中升起一个声音，温柔地说道：“我去了青海湖……这是我拍的照片，送给你。”

那是托利亚，她从未忘记，但从不敢想起的人。冥冥中令人难以置信的巧合——他来过这里，就在她现在坐着的地方，像她一样远眺青海湖那汪洋一般的水面，还有浩渺烟波上的一座座岛屿。那时，一定也有风像现在吹着她的头发和衣襟一样，吹拂着他。

那一刻，她突然醒悟了：她并没有失去什么。所有离她而去的，都像眼前这永恒美丽的青海湖，长存在她的生命中，让她的灵魂更加丰饶，更加宽广，更加强大。

“林叔叔，你不要担心我，我已经长大了。我会很好的生活下去，做我应该做、愿意做、喜欢做的事。无论付出什么代价，我绝不后悔。”竺心藜说道。

林有松轻轻抚摸着她已经显露出一些银丝的头发，微笑着说：“好，心藜，去成为你最想成为的人吧。”

林有松的追悼会结束后，竺心藜回到了西宁。

二十年过去了。她没有结婚，一个人住在一套小单元房里。房间里的各种陈设，显示她已经将自己的生活水准，降低到能够满足生存的基本条件就可以的程度。

屋子里用于娱乐消遣的用品，只有一台老式的国产黑白电视和一个小小的收音机。即使这两样东西，她也很少用到。她最宝贵的私人财富，是这几十年积累下来的气象专业书籍和资料。特别是关于冻土带气候的图书和资料，她有整整一个书柜，里里外外层层叠叠。每天晚上，她都会端端正正地坐在书桌前，读书，查阅，写作，思考，演算，这早已是她雷打不动的生活习惯。

墙上有一个样式简朴的大镜框，镜框的正中间是一幅青海湖的速写。这本来是一幅预想中的水粉画的草稿，是她三十年前在雪山气象站工作的时候绘成的。在这三十年中，她无数次来到青海湖，无数次想把画上的颜色填满，却又无数次地放弃了。这素白泛黄的纸面上灰黑色的铅笔痕迹，她不知道该用怎样的色调去覆盖。明快吗？并不总是明快的。沉郁吗？也并非都是沉郁。

画的左边，是程云海、她和葛秀秀三个人在雪山气象站唯一的合影。右边，则是当年程云海在答应结婚的那天亲手送给她，而她直到今天依然很好地保存着的程云海和琴芬的双人照片。

在镜框的右下角，夹着那张当年托利亚在北京大学气象系教学楼为她拍的肖像照。很多人到竺心藜家里来，看到这张肖像照，都会忍不住惊叹："竺工，您年轻的时候真漂亮啊！这张照片是谁给您拍的？是个摄影家吧？"

竺心藜便笑笑回答道："不是什么摄影家，只是一个喜欢拍照的同学。"

这个大镜框里的三张照片，就是她作为一个即将步入人生暮年的女人，这一生全部的感情生活，简单，朴素，而且早已结束。她已经很长时间没有为感情而产生过情绪上的波动了。即使偶尔回忆往事，想起从未告过别却再也无缘相见的托利亚，想起程云海那毅然决然又深情饱满的离去，她也不再有仿佛回到那情景中重温记忆的感觉。她只觉得自己是在看一幕幕无声电影，而且镜头画面越来越模糊。无论是托利亚还是程云海，都逐渐地在被她淡忘。

真的是快要忘记了吗？

一天晚上，竺心藜像往常一样坐在桌前看书，突然有人敲门。

她起身走到门口，打开门一看："局长？"

“竺工，我有事跟你商量。”

“请进吧。”

她把局长请进屋，心里有些犯嘀咕。她不太喜欢有人晚上来打扰自己的学习，这个是全局都知道的事。这位几年前刚调来的新局长非常尊重她，最遵守她的这个无形的规定，从来不会在这个时间点来找她，或是给她打电话。

“您有事儿吗?”坐下之后，竺心藜开门见山地问道。虽然她已经可以算是地地道道的西宁人，一口北京腔却一直没怎么改。同事们都说，竺工说起话来，就跟出演热门电视剧的北京大明星一样。

“竺工，不好意思，刚刚接到上级的通知，后天有一位俄罗斯的气象学家要到咱们局里来，现找翻译也来不及了，我一想，您在苏联留过学，肯定懂俄语吧?而且您也是气象学家，跟俄罗斯专家交流肯定没问题。能不能……明天麻烦您接待一下这位俄国专家?”

竺心藜好奇地问:“这种外事接待工作，不是应该早就准备好了吗?怎么会这么仓促啊?”

“因为这位专家改变了计划。我们当然早就知道他要来，可是原定的行程是下个月才来。我们预定的翻译，现在还在北京出差呢，根本赶不回来。”

“那他为什么要提前?”

“说是为了他的夫人。哦，他夫人是一位生态学家，主要研究候鸟。原本这次他到中国来访问讲学，没有安排夫人随行，但是他夫人很想到青海湖做一次鸟类生态的观测，所以，为了协调两个人的时间，他突然把访问日期整整提前了一个月。国家气象局很重视这位专家，对他提的要求都尽可能满足，所以整个访问交流讲学的计划全变了。我这也是被打了一个措手不及嘛，只好来向您求救。”

竺心藜似乎想起了什么，思索了一会，开口问道：“这位专家，叫什么名字？”

“这个……我看看，”局长从口袋里掏出工作笔记，“俄国人名字都太长了，不写下来还真是记不住，在这儿呢……这位专家的名字叫安纳托利·彼得罗夫·彼得洛维奇。哎呀，还真是长，照着念都念不下来呢。”

“等你们熟悉起来的时候，你也许就可以叫他托利亚了，”竺心藜淡淡地说，“他夫人呢？叫什么？”

“他夫人叫柳博芙·彼得罗夫娜……”

“嗯，我想也是。”

“您说什么？”

“哦，没什么。”

第二天，竺心藜早早就起了床，却呆呆地站在浴室镜子前，看着自己的脸。她仿佛第一次注意到，原来自己已经这么苍老了。头发大半已经花白发黄，还有点稀疏，深刻的皱纹布满整张脸，眼皮低垂，面颊上也有了许多浅褐色的斑点。

她有点难过起来——她要这样去见那两个四十年没有再见的老朋友吗？他们一个是自己最知心最喜欢的好朋友，另一个，是爱过她，却没有机会知道她也同样爱过他的那个人。

匆匆流逝的时光，竟然在她完全没有想到的时候，兀自把他们带来了。想见，但不敢见。竺心藜纠结着。望着镜子里的那个老妇人，很久没有发生过一丝波动的心湖上，吹荡起了一圈又一圈的巨大涟漪。

竺心藜努力让自己平静下来。简单整理了一下发型和衣着，像平时一样挎起一个黑色的尼龙包，就出门了。局里的车在楼下等着。车里坐着办公室主任，一看见竺心藜就说道："竺工，来的这两位俄罗斯专家，您认识啊？"

"嗯？你这是什么意思？"竺心藜心想，自己并没有说过这件事，他怎么会知道？

"是这样的，昨天晚上局里委托国家气象局的同志，跟那两位专家通了一次话，听说呀，他们一听我们这里安排接待的是您，都激动得不行，那位专家夫人，捧着电话差点喊起来了。他们说，认识您，跟您是好朋友。是吗，竺工？怎么没听您说起呢？"

"这个……"竺心藜不知该怎么解释，想想还是直说吧，"都四十年了，我怕人家记不得我。"

"他们记得，记得！"

"是吗？"竺心藜轻轻笑了一下。记得，那就好。

车很快到了宾馆。办公室主任陪竺心藜走进大堂："竺工，他们在房间等我们。"

"好。"

"你们老友重逢，要不要我先回避一下？"

“不，请跟我一起去。”竺心藜脱口说道。

出了电梯，他们走到一间套房门口。办公室主任摁响了门铃。

竺心藜站着，手心出满了汗。她的呼吸也不由自主地微微困难起来。

门里传来一阵匆忙的脚步声，随后门打开了。

首先进入竺心藜视线的是柳博芙。

她当然也老了，曾像熊熊燃烧的火焰一样的红头发，褪色露出了大片的浅棕。过去一把乱蓬蓬的卷发总是不拘小节地扎在脑后，现在则整齐地梳向后面，优雅地挽成发髻。笨重的黑框眼镜换成了轻巧的白金丝边的，镜片后面，那双眼睛的周围已经爬满细纹，但双瞳依然像海洋一样清澈湛蓝。她的脸还是瘦瘦的，面颊有些凹陷。嘴唇变薄了，嘴角垂坠着，这让柳博芙看起来倒还有几分当年常见的那副严肃思索的神情。

看着她，竺心藜好像在看一面有魔力的能显现出时光流逝的镜子。虽然柳博芙和她完全是两种相貌，两种发色，两种肤色，却和她那么地相像。两个人还都是花团锦簇的年纪时，她从没有这么想过。可现在，当她俩都已经到了暮年，面对面地站在一起时，简直就像同一个灵魂的两个影子。那种奇妙的感觉，在她心头涌起，萦绕，久久挥之不去。

“薇拉!”“镜子”那边的她动情地呼唤了一声。柳博芙伸出两只修长的手臂，一把揽住竺心藜，声音颤抖地说道：

“我太高兴了！真的是你！真的是你！”

竺心藜想对她微笑一下，嘴角轻轻一动，一串泪珠却掉落了下来。

“柳芭，我又见到你了！”她哽咽着说。

“是的是的！”柳博芙紧紧抱住她，“薇拉，四十年了！我们终于又见面了！”

“竺心藜同学，”一个低沉厚实说汉语的声音在柳博芙身后响起，“你好。”

竺心藜和柳博芙同时转向那个声音。看着说话的这个人，竺心藜同样瞬间就认出了他。他的金发早已完全灰白，而且稀疏了许多，年少时俊朗亮润的面容，现在也是皱纹丛生，黯淡无光，但他的眼睛还是一如往昔的清明透亮，深邃如墨，就像西伯利亚原野上黎明前夕的天空。

西伯利亚，这个地名出现在竺心藜的心底，好像一颗细细的气泡从心湖深处缓缓升起，在湖面上轻声崩裂，连她自己都几乎没有察觉到。

“托利亚，”她看了看柳博芙，又看了看托利亚，终于把嘴角酝酿了多时的微笑释放了出来，“你好，好久不见了。”

十三、再见，亲爱的人

一天的访问结束后，省局领导和竺心藜将托利亚夫妇送回宾馆，便告辞离开。

托利亚坐在套房的客厅，看着手中的一本资料，一边用笔在上面勾画。

柳博芙走到他身边，轻轻抚着他的后背："该吃药了，亲爱的。"

托利亚放下资料，握住她的手："抱歉，我忘记了。我想看看我的讲义还有什么问题没有。毕竟马上就要去讲课。奇怪，我到过那么多地方讲学，从来没紧张过，可是这次来中国，我竟然有点紧张。"

柳博芙一笑："你紧张？那可能是因为又遇见薇拉了吧。"

托利亚脸色微微一变："你可别开这种玩笑。"

“我没开玩笑啊。别说你，就是我，一想到今天薇拉突然出现在我面前看着我的样子，我的心还在怦怦跳呢。这真像一场梦。想想我们那时候多要好，四十多年不见，再见到怎么可能心里一点都不受到影响呢？”

托利亚耸了耸肩膀：“好吧，我当然受影响，但没那么大影响，会导致我对讲课都没自信。”

“那你觉得你是为什么紧张？”柳博芙好奇地问。

“身为一个研究冻土带气候的学者，好不容易来到世界上最典型也是最复杂的冻土带，你说，我紧不紧张？这次造访青海高原，跟我上次来相隔了将近半个世纪啊！”

柳博芙理解地说道：“是啊，想起要去青海湖观察那些候鸟，我也有点紧张呢。这个世界上最自然的高原候鸟生态，太让人期待了。”

“对了，观鸟的事，你都安排妥当了吗？”托利亚走到桌边，拿起柳博芙准备好的几颗药丸，边吃边问。

“当然。器材我在莫斯科的时候就已经准备好了，刚才青海省气象局的局长跟我说好了，星期四一早会派车来接我。万事俱备，绝无差错，这可是我的头等大事。哦，我还有一件头等大事，就是去找薇拉好好聊聊天，”柳博芙促狭地一笑，“你可以单独去找她，我和她的约会，你不许来。”

托利亚端起杯子大口喝起水来，假装没听见柳博芙的话。

应柳博芙的约，竺心藜来到宾馆。在茶座里，两人相对坐着，面前各有一杯温热的咖啡，浓香四溢。

竺心藜看着这杯咖啡，还有咖啡热汽后面柳博芙的面庞，思绪禁不住又回到四十年前她与安德烈耶夫娜一家度过的时光。那时物资并不丰富，可每次她去，安娜总会想方设法为她准备一顿不错的午餐，还有煮得浓香四溢的餐后咖啡。

“安娜她……”竺心藜忍不住问道，虽然，她也已经猜到了答案。

“她去世了，五年前。”柳博芙说道。

竺心藜黯然点了点头：“真是太抱歉了，当年我都没来得及去向她告别。这几十年，也没有能联系上你们，我在苏联留学的时候，她，还有你的家人，都对我那么好。我不辞而别，她生我的气吧？”

“我母亲经历过很多事，她能理解。”柳博芙笑着说，“她不但没有生你的气，而且一直都惦记着你呢。她经常对我说，不知道你过得好不好，嫁了什么样的人，幸不幸福，生没生孩子，什么什么的，隔一阵子就要唠叨几句。”

“叶甫根尼和亚历山大呢？他们怎么样？”竺心藜不自觉地岔开话题。

“他们呀，我都很久没见到了！”柳博芙大笑起来，“叶甫根尼在一艘远洋渔船上当船长，一年中有大半年在北极捞虾。亚历山大到日本研究古代艺术去了，现在寄回家的照片都是穿着和服喝茶写字的样子。他还娶了一位日本夫人，有两个孩子。”

“他们俩还真跟小时候一点都不一样了呢。对了，你和托利亚有孩子吗？”竺心藜抬眼看看柳博芙，问道。

柳博芙摇了摇头：“没有。我身体不太好，不能生孩子。这一点上，我很对不起托利亚，还好他不介意。”

“虽然没有孩子是有点遗憾，但一直二人世界也很幸福啊。”竺心藜微笑着说，低头搅了搅咖啡。

柳博芙眉头一挑，“嗯”了一声，突然，又像年轻时那样，用严肃认真的眼神盯住竺心藜：“你还是一个人生活吧，薇拉？”

“我……”竺心藜不由得一阵心慌，用手拢了拢鬓边的银发。

“为什么？”

“什么为什么？”

“你为什么不结婚呢？”

“我……我也没有故意不结婚，只是……错过了。”

“错过？跟谁？”

“我有过一个爱人。他曾经跟我在一个雪山上的气象站同事过。”

“那……后来发生了什么？”

“后来，他因为遇到一次事故，受伤了，为了不给我造成负担，就离开了这里。他很好，善良，稳重，有才华，有责任感，是一个真正的男人。我想我再也不会遇到他那样的人了，而且我的工作也需要全身心地投入，所以我没有再考虑过婚姻的事。”

柳博芙沉默了片刻，抓住竺心藜的手：“别怪我多嘴，薇拉，其实，我就是担心你因为托利亚才不结婚。我和他是在你离开了很久以后才在一起的。他从莱比锡回来以后，知道你已经走了，好像疯了一样，到处打听怎么才能去中国。可是无论到哪儿问，人们都告诉他这已经不可能了。他等了你很长时间，那时候什么消息都没有，无法给你写信，也没有人能帮他带口信。就是这样，他也还是在等，等了好久好久，一直等到绝望。我读完硕士，留在莫斯科大学当了老师，他还没拿到博士学位。因为——因为他真的为了找不到你，消沉了好些日子，也没有心情做科研，连他的导师都想放弃他，劝他退学算了。后来，我觉得他这样下去，人生就要完蛋了，我去问他，要不要试着跟我谈谈恋爱，他大概考虑了两三个星期，同意了。从某种意义上说，是我拯救了他，不然他就把自己毁了。我伟大吧？哈哈……我和他，就是这样。”

柳博芙笑着摊了摊手，表示自己已经完全交代了跟托利亚走到一起的全过程。

“柳芭，你没有必要跟我说这些。”竺心藜诚恳地说。

“不，我觉得有这个必要。”

“我走的时候，不是让你告诉他我一点都不爱他吗？你有没有跟他说？”

柳博芙淡然一笑：“我可不能转达谎话。”

竺心藜沉默了，柳博芙有一双洞察一切，充满理性和睿智的眼睛。四十多年后，到了现在这样的年纪，她若再企图用违心之语欺瞒这双慧眼，实在太不明智。

两人暂时地安静下来。柳博芙端起咖啡喝了一口，说道："薇拉，明天陪我一起去观测候鸟吧！"

"观测候鸟？哦，对了，我听说这次为了你要去青海湖考察那里的候鸟，托利亚还改变了行程。你真的成了一个为候鸟的生存做研究的气象学家？"

"对，我呀，对极地很感兴趣，北极和南极的动植物生态我都研究过。现在，我想把对青藏高原这个地球的'第三极'的科学考察填补进来。这里有更多的生物、更复杂的地理和气象环境。我正准备把我的研究和托利亚的结合在一起，关注冻土带上的建设开发对候鸟和其他野生动物适宜生存气候的影响，以及人类应该为此采取的措施。"

"柳芭！"竺心藜由衷地赞叹道，"你走在世界的前沿！青藏高原上很快就要建造铁路，这里动植物资源太珍贵了，我们非常需要你的研究！你真了不起！"

"亲爱的薇拉，我以前对你说过……"

没等她说完，竺心藜便说道："我知道——地球不仅仅是人类的地球，气象研究也不应该仅仅为人类服务，对吧？"

"对！"

两位年近花甲的女科学家彼此对视着，眼中满是彼此理解的光芒。她们开朗地大笑起来，就像回到了少女时代。

第二天凌晨，托利亚还在沉睡，柳博芙便匆匆起床洗漱，下楼去和竺心藜以及来接她的车辆会合。

走到大堂，她便看见竺心藜穿着一身干练的军绿色夹克式风衣，脚蹬翻毛高帮靴，头戴渔夫帽，架着太阳眼镜，站在大门口等着。

“你穿成这样，我都认不出来了。”她笑着打招呼。

竺心藜解释道：“我经常要去野外的观测站点，这一身都是常穿的。”

“很美，”柳博芙拉着她的手说道，“我还记得四十年前你的模样，那时候你很文静，又温柔，爱穿连衣裙，花衬衫，好像洋娃娃。现在的你跟那时一点都不一样。但你还是很美。”

她们各自坐上一辆越野吉普，向青海湖进发。之所以安排了两辆车，是因为柳博芙的观测和拍摄器材太多了，一辆车塞得满满的，她又邀请竺心藜同行，青海省局便临时又协调来了一辆车。

柳博芙坐的那辆车，竺心藜特地请局里一位经验丰富的老司机郑师傅来开。另一辆车本来她可以自己开，但为了能全心全意地陪伴柳博芙，她还是叫上局里新来的年轻司机小赵。

出发时天气很好。临上车前，柳博芙兴致勃勃地朝竺心藜招招手，大声说道：“希望今天一切顺利！”

竺心藜向她点头微笑着说道：“会顺利的！”

可是路途上一点都不顺利。还没走到一半，天就变了，下起了不大不小的雨，还夹着一些小雪花。路面越来越湿滑，能见度也逐渐下降了，雾气很浓。

小赵不敢把车开得太快，渐渐地，他们的车与柳博芙的那辆车拉开了距离，从挡风玻璃看出去，前车的轮廓也变得十分模糊，只能看到红色的尾灯闪烁。

前车即将消失时，竺心藜慌忙抓起仪表台上的对讲机呼叫起来："柳芭！柳芭！郑师傅！郑师傅！"

可是没有人应答。对讲机里一片静默。

"竺工，可能他们已经超出通信范围了。"小赵说道。

竺心藜放下对讲机望着前方，仅仅一两分钟过去，她就再也看不到那辆车的踪影。视野中前路茫茫，一种沉重的不安感笼罩了她的心。

"小赵，在保证安全的前提下，你尽快追上那辆车吧。"

"好的，竺工。"

时快时慢地行进了二十多公里，他们仍然没有看到前车的影子。竺心藜焦虑起来。她拿起对讲机，想再尝试联络他们，突然，她的手僵住了。

在道路的远处，赫然出现了一辆侧翻的吉普车。"小赵！那是什么！"竺心藜失声叫喊道。

小赵紧紧抿着嘴，眼睛也盯住了前方，没有说话。

车再向前行驶了一段，终于能看清楚了，那整个翻倒在路边的，正是柳博芙坐的那辆吉普车。

竺心藜几乎是惨叫地喊道："停车！快停车！"

小赵连忙一脚踩下刹车，竺心藜打开车门跳了下去。虽然她已经六十岁，但身体还很硬朗，动作也很敏捷，这是常年巡视基层站点造就的。

她狂奔到那辆侧翻的车旁边，拍着车身喊道："柳芭！柳芭！"

小赵也跑了过来。两个人一起试图打开朝上一面的两扇车门。但因为车在路面上剧烈地翻滚过，车门已经被撞击得变了形，把手卡住了，无论怎么摇撼，都是纹丝不动。

竺心藜对小赵吼道："去找个东西来把门撬开！"

"哦哦！好！"小赵转身跑到自己的车旁，掀开后备厢一阵搜索，好不容易找到一把军工铲，飞快地举着跑回来，二话不说便开始撬门。

竺心藜伏在车窗上，拼命瞪大眼睛往里看。车窗玻璃已经碎成密密的网纹状，很难看清车厢里的情况，但她能看见，前排的司机老郑满头是血地倒在车窗上，身体被安全带紧紧捆住，仍是坐着的姿势，而柳博芙已经和她的那几个装满观测工具的箱子一起被甩到座椅朝下的一侧，整个人软软地耷拉在座椅扶手上，身躯扭曲得很不自然，像被一只魔鬼的大手随意地折了一下。她的脸被掀起的手臂盖住了，看不到脸上的表情。

毫无疑问，车内的两个人都已经没有了意识。

竺心藜突然觉得胸口一阵憋闷，喘不上气，她张开嘴用力地呼吸起来。一阵巨大的恐惧感包围了她，死死挤压住了她的心脏。这种恐惧感，很多年前在洪水中寻找父母浮浮沉沉的身影时，她感受过；暴风雪中疯狂推门却怎么也推不开时，她感受过。那是强烈地预感到要失去所爱之人的恐惧。这感觉无形无影，无声无息，但令人窒息，令人身心剧痛，恨不能马上死去。

此刻时间仿佛冻结了，四周的声音和景象全都消散，竺心藜脑子里一片空白。到底发生了什么，她好像没想明白，只有一个念头无比清晰："这是梦！这是噩梦！快醒来吧！我快醒来！"

"柳芭！柳芭！"她好像要唤醒自己一样继续呼喊着柳博芙，喊得喉咙都嘶哑了也不停止，她一点也没注意到，自己拍打车身的双手已经血迹斑斑，在车窗和车门上留下了一个个血淋淋的手印。

在恍恍惚惚中，竺心藜等来了救援车，把柳博芙和司机老郑送到西宁。她全身都湿透了，却一直没有离开。她不敢在抢救室外等待，偷偷地躲在医院的一个角落里。局里有人发现了她，劝她回去等消息。她什么都不说，只是摇头拒绝。

托利亚第一时间便赶到了。原定在第二天的讲座也被推迟。说是推迟，大家都觉得，出了这么大的事，他的这次讲学肯定是要取消的。

医院抢救了整整三天。老郑因为系了安全带，幸存了下来。但柳博芙伤得太重，终究还是走了。直到去世，她也没有醒来。

得知噩耗，竺心藜一时竟吞声无泪。

她无法相信，才刚刚和柳博芙重逢不到一周，就这样仓促地永远分别了。她的青春岁月里最亲爱的女友，那个红头发雀斑脸大眼睛的可爱的柳博芙，那个虽然老去却依然保存着少女时对科学对大自然的热情的柳博芙，在她的往日记忆中最美好的一片风景里伫立过、欢笑过、奔跑过、忧伤过的柳博芙，就这样从人世间消失。

自从林有松去世后，竺心藜在这世界上已经没有了亲人，她本以为自己的人生再也不会经历如此的疼痛。可是现在，她久已平静深秘如岩石的心脏里，传出一阵一阵刀割的痛觉。

突然，她想到了同样在医院里苦苦等待了三天的托利亚。她已经这样痛苦，托利亚的心情，又该是如何！她再也不能躲着他了。现在，他需要有人站在身边。

竺心藜一口气爬到十楼，那里是医院的太平间。人们告诉她，托利亚就在太平间门口，独自一人，默默守着那条清冷的长廊不走，也不想有人陪着。

她来到长廊尽头，呆呆地站在那里，手上还扎着绷带。远远的，她看到托利亚低垂着头坐在墙边的长椅上。看不清脸，只有灰白的头发，从黑暗中浮现出来。

要不要走过去？走过去会不会打扰他，让他更加痛楚？她很犹豫。内心深深的自责和愧疚，也让她迈不开腿。毕竟，柳博芙是和她一起去观鸟的路上出事的，她感到自己实在太对不起托利亚。假如她当时能和柳博芙上同一辆车该多好，柳博芙就不会自己去承受这一切了。

考虑了好几分钟，她终于鼓起勇气，准备向托利亚走过去。这时，托利亚缓缓抬起头来，也看到了她。她不由得又停下了脚步。两人隔着那条长长的走廊，彼此对视着。

过了片刻，她继续走向他。他也站了起来。

“托利亚，我……很抱歉。”竺心藜走到托利亚面前站住，低声地说。泪水这时才崩溃一般地涌出眼眶。

托利亚脸有些浮肿，眼神很涣散，凌乱不堪的头发覆盖着额头。

他神态疲惫地摇了摇头：“这不是你的错，为什么要道歉？”

“我应该照顾好柳芭的。”

“没有人愿意发生这种事。”

“但……”

“好了，不要说了。”

竺心藜低下头。

托利亚看了看她：“你是她的好朋友，她最喜欢的朋友，我不能怪你，我怪你，她会对我不高兴的。”说着，他勉强地牵动了一下嘴角，想笑一笑，没有笑出来，眼圈却红了。

他们就这样沉默着面对面地站了很久。走廊上偶尔走过的医生和护士，会对这两个神色黯然的老人瞟上一眼。尽管托利亚的异国容貌引起了他们的好奇心，但悲伤的面容毕竟是这里常见到的，所以，他们也不以为意。

这些匆匆往来的人们并不知道，那两位鬓发皆白的老者，与刚刚离开人世，还静静躺在不远处的另一位老人之间，曾有过怎样荡气回肠的凄美故事。

托利亚在医院坐了一整天，竺心藜也陪了他一整天。

到了晚上，也许是看到竺心藜也已精疲力尽，他终于答应回宾馆去休息。

送托利亚回到房间，竺心藜站在门口，不想进去，又不放心把他一个人留下。托利亚看到她左右为难的表情，便说道："你走吧，我自己可以的。"

竺心藜担忧地看着他："那好吧，我明天再来看你。"

"不，不管是明天，后天还是大后天，我都想一个人待着，你不必来了。"

"可是你一个人……"

"别担心，我没事，只是累了，可能要睡好几天。你真的不要再来了。你手上有伤，也要注意，好好休息。再见。"托利亚温和但坚定地说道，一边把门关上。

竺心藜在门口站了一会，听里面没有什么动静，想着托利亚大概已经躺在床上了，便转身走向电梯。

然而在她看不见的门背后，托利亚并没有走进房间里。他一直站在原地，直到从猫眼里看到她的身影消失。

隔着一道门，他们都在静静地等着对方先离开。这是老朋友之间无言的心意。

竺心藜在前台仔细叮嘱好服务员，让他们按时提醒托利亚吃饭，然后回了家。这是柳博芙的车祸之后，她第一次进家门。

屋子里没有什么变化，墙上的照片，桌上的资料，甚至阳台上晾晒的衣物，花盆里翠绿的吊兰和芦荟，都和她出发去与柳博芙会合那天的清晨一模一样。但她的心境全变了，变得疲惫不堪。

她困乏无力地靠坐在小客厅的旧沙发上，闭着眼睛，想睡一会。

不知过了过久，电话铃声将她从沉沉的梦中惊醒。她睁开眼，发现窗外天已经完全黑了。

她抓起听筒，懵懵懂懂地问了一声："喂？"

电话那头传来的是局长的声音："竺工，您在家休息呢？"

"哦……是的，有事吗？"

"那位彼得洛维奇先生，情况怎么样了？身体没有什么问题吧？您跟他在一起吗？"

"早上我陪他从医院回了宾馆，他说想一个人待着，我就走了。怎么了？"

"这个嘛……"局长叹了口气，"没想到发生了这样的事，我们也非常内疚。但是还有一些程序上的事，彼得洛维奇夫人的死亡证明，还有通知俄罗斯大使馆，以及遗体的火化……当然，我们会全力协助他处理好这些事的，只是有些地方还需要他签字或者提供身份证件。"

"这些事很着急吗？"

"也不算着急，可是，彼得洛维奇先生办的是普通签证，在中国的逗留最多一个月，就怕时间上有点紧张。这次安排的讲学，我想应该会取消吧，不过还要向他确认一下。这些情况，能不能麻烦竺工您去跟他说明？"

"好的。但是最近这一两天恐怕不合适，他的心情还需要平复。”

“那是自然，您在您觉得合适的时候去就行了。”

“好。”

“竺工，那位去世的彼得洛维奇夫人跟您是很多年前的好朋友？”

“不是很多年前，我们一直都是好朋友。”

“您还好吗？”局长语气中透着关怀。

竺心藜不知道该怎么回答，好不好？当然不好。眼睁睁地看着柳芭就那样死去，她怎么可能好。

可是她说不出。这么多年，她习惯了对别人这样的问候说一声“我很好”。因为她把自己塑造得过于坚强了，就像身体上套上了一层甲胄，这坚硬的甲胄包裹着她的柔软，不但保护她，也禁锢她，伤害她。在同事们眼中，她历经沧桑却坚韧，勇敢，她是一个女强人，一个工作狂。女强人和工作狂，是不会有脆弱和悲伤的。

“谢谢，我很好。”她沉静地说。

十四、拯救

几天后，竺心藜走进街边一家花店，要订两束花。

花店里坐着个秀气的姑娘，正在修剪花枝。她看到竺心藜进来，连忙站起身热情地问："您要什么花？"

"什么花可以代表最真挚最深厚的友谊？"

"那就是黄色的康乃馨了。"

"好，我要你这里所有的黄色康乃馨。"

"好嘞，"花店姑娘一边答应，一边把花桶里的黄色康乃馨都拿出来，"那另一束呢？"

"代表永远的爱情，是什么花？"

姑娘指了指身边的一大捧含苞待放的红玫瑰："爱情，九十九朵，爱到永久嘛。再配一些勿忘我吧？"

竺心藜点了点头："就要这个。请你帮我做两个漂亮的花束，这是为一位对我非常重要的朋友准备的。"

花束很快就扎好了。一切收拾停当，竺心藜开车来到托利亚的宾馆房间门口，轻轻敲了敲门。过了好半天，里面没有人应答。

她正犹豫着要不要再敲一次，门打开了。托利亚苍白消瘦的面庞出现在她眼前。刚才他可能是冲进浴室匆忙洗了一把脸，额上的头发还滴着水珠。

他仍然穿着几天前竺心藜走的时候穿的那身衣服，一件浅灰色的宽条纹衬衫，胸前和袖口还有些暗褐色污渍。竺心藜愣住了，她想起来，那天在医院里，她在远处，看到托利亚在柳芭送进抢救室之前赶到，伏在担架床上抱了她一下，大概是那时沾到了她身上的血迹。这么说来，这几天，他根本没换洗过衣服。

“托利亚，你怎么样了？”竺心藜关切地问。

托利亚没回答，把门开大一些，然后转身走回房间去了。

竺心藜也跟着走进去，把手里提着的一个保温饭盒放在桌上。

“我问了服务员，他们说你都没有好好吃饭，给你送来的饭菜你也原样退回去了。这怎么能行呢？我给你带了早点，这是这里的特产，羊杂碎汤，在我常去的店里买的，他们做得特别好。你吃点吧，身体要紧。”

托利亚坐在沙发里，神色灰暗地看着她：“谢谢。我不太有胃口。”

竺心藜直接把饭盒打开，从口袋里掏出一把不锈钢勺子放进汤里，推到他面前：“请你吃一些。”

托利亚看到她恳求的眼神，不忍心再拒绝，只好拿起勺子吃了起来。大概确实饿了，他吃得挺香。

等他吃得差不多了，竺心藜便问道："我们今天出去走一走好吗?"

"不了，我想再休息一下。"

竺心藜走到他身边坐下："托利亚，我理解你现在的心情，可你这样把自己关在屋子里不行。你得出去活动活动，晒晒太阳，呼吸呼吸新鲜的空气。"

托利亚苦笑了一下："我真的不想动。"

"车就在下面。今天，你必须跟我走。"

托利亚一愣："去哪里?"

"柳芭已经去世七天了，按照中国的风俗，这叫头七，是个很重要的纪念的日子。我准备了鲜花、水果，还有酒，"竺心藜说道，"我们到柳芭出车祸的地方，为她献花吧。还有，今天这样的天气，很适合去看看青海湖。我陪你去。"

这些年，竺心藜一直有一个习惯，每到清明节，她都会一个人开车，沿着公路驶过一百五十公里的路程来到青海湖畔，这个地方是当年去雪山气象站的途经之地，她永远也不会忘记第一次来到这里时，她和秀秀无法按捺的激动心情，还有程云海看着她们在湖边欢呼雀跃时那满脸幸福的表情。

那时候，她是那么年轻、快乐。后来，她的世界一度灰暗，作为一个与自然同生共处的气象工作者，她却深深地憎恨夺走了她太多东西的那个"自然"。这种憎恨催生了可怕的怀疑——她怀疑人生，怀疑自己的事业，怀疑一切。

那时，是青海湖——也是青海湖所代表的大自然——用那博大绮丽的胸怀温暖了她，唤醒了她的希望。青海湖的壮美，让她领悟了自然与人的真谛。

青海湖在她的心目中，是人生的圣地。她也愿托利亚能在这里获得同样的体验。

今天开的车是她向局里借的。毕竟刚刚目睹了一场惨烈车祸，好友在车祸中罹难，大家都怕竺心藜心理上还没过去这个坎儿，自己开车有危险。但竺心藜坚决地谢绝了派一个司机跟他们一起去的提议，她说，为柳芭的头七献祭，如果有其他人在场，也许反而会影响到托利亚的心情。柳芭是托利亚的妻子，是她的密友，她希望就只有她和他两个人去做这件事。她体力和精神都很好，开车没问题。

其实，竺心藜也有自己没有说出来的另一番想法。她想在路上对托利亚讲一讲自己的故事。安慰一个人最好的方式，就是与他感同身受，用自己的亲身经历去鼓励他振作起来。她要告诉托利亚，失去亲人的痛苦，她承受过，也克服过，她挺过来了，他也能做到。这么多年来，那些往事她一直都深深地隐藏在心里，父母的离世、秀秀的遇难、云海的远去、林叔叔的告别……她从来也没有让人们太多的注意到自己的悲伤。不知为何，她想和托利亚聊一聊这些事。也许，她也是在暗暗地希望，能向托利亚倾诉这么多年来她的历尽沧桑。

看她这么坚持，局领导们也就同意了。毕竟，她也是在这条路上有三十年驾龄的老司机了。

听说头七是中国传统的祭奠仪式，托利亚找出了自己的黑色西装换上，跟着竺心藜上了车。

他们往青海湖的方向驶去。一路上，两个人都在沉默。渐渐地，城市远了，人烟也远了。公路两边的山脉和草原吸引了托利亚的注意。他注视着车窗外一闪而过的风景，仿佛自言自语地说道："四十年前，我到过这里。"

"是啊，你还送给我很多照片。就是那时候你来这里拍的。"竺心藜没有回头，眼望着前路的方向，轻声说。

"照片？"托利亚惊讶地问，"对，确实有这么回事。"

"我还没谢谢你呢。"

"谢我？"

"对呀，如果不是你的那些照片拍得那么好，把青海湖拍得那么美，可能我并不会有那么大的勇气，主动要求到青海来工作。"

"你居然还留着那些照片？"托利亚觉得不可思议，"这么多年了。"

"我还经常会看呢。我们的青海湖，还有你的摄影技术，都是艺术品。"

托利亚笑了笑，没说话。

"快到了。"又安静了一段路，竺心藜突然说。

托利亚的表情凝重起来。他知道，竺心藜是在说，柳博芙出车祸的地方快到了。

不一会儿，竺心藜把吉普车停在路边，招呼托利亚一起下了车。

正是正午时分，天空高悬着灿烂的太阳。云层都堆积在山影上端，空出一整块纯净的蓝色的天。这里的确就是几天前的车祸现场所在地，但现在看起来，却平静得好像什么都没有发生过。地面很干净，连一块破碎的零件或玻璃片都看不到。

托利亚站在路旁，低头望着空荡荡的沥青路面，许久不说话。竺心藜从车上搬出水果和酒瓶，走到公路外面，铺开一条羊毛毡，摆好水果，打开酒瓶，在一个小杯子里倒了一杯酒，瞬时，浓烈的香气飘散出来，这是竺心藜珍藏的青海本地的青稞酒。

她回到车里，捧出了两束花，走到托利亚面前，把红玫瑰放进他怀中，示意他可以开始祭奠了。

托利亚把酒杯举到眼前，凄然一笑："柳芭已经戒酒十年了。"

"戒酒？"

"其实，我们曾经有过一个孩子。结婚第十年的时候，柳芭怀孕了，正好那时有一个机会，她可以作为生态学家去南极的俄罗斯站驻守六个月。我知道她做梦都想去南极。她实在不能放弃这次机会。所以，她最后决定做流产手术的时候，我没有反对。"

竺心藜惊愕地看着托利亚："怎么……怎么还有这样的事？"

"手术做得不太成功，严重地伤害了她的身体。但她瞒着我，还是去了南极。整整六个月的驻站考察，又延误了治疗。后来，她就再也怀不上孩子了。我们去过很多医院，结论都是如此。我告诉她，我并不介意。但是她……”托利亚的眼神阴郁了下去。

竺心藜想起，柳博芙说过，她为了没有孩子的事非常自责。当时，她并没有想到，柳博芙是为了自己的科研事业而牺牲了生儿育女的机会。

“拿到不记得是第几份医生确定她已经失去生育能力的诊断书之后，她开始酗酒。大概有五到六年时间，她什么都做不了，每天喝得醉醺醺的。她视为生命的候鸟们，那时在她眼中也荡然无存了。原本每年她都会跟踪候鸟横越整个西伯利亚，酗酒的那段时间里，她不但不能开车，连走路都成问题，手颤抖得很厉害，拍照时对焦都对不上。对候鸟的研究，完全放弃了。最坏的时候，她每天就是坐在家里，手里拿着酒瓶，浑身无法自控地痉挛着，只要能控制自己的手，她就赶紧灌上一口。我从她身边走过，她连看都不看一眼。她那个样子我实在受不了，就离家出走了。说来惭愧，那时候我疯了一样地想要跟她离婚。”

“那……后来呢？”

“后来安娜来找我，跟我谈了很久。她说，柳芭是因为太爱我，对我太内疚，才会变成这样，如果她犯了错误，希望她对我的爱能弥补一切错误。对了，她还说起了你。”

“安娜……怎么说？”

“她说，如果你在这里，肯定不会丢下柳芭不管。你一定会站在柳芭身边支持她的，因为你是柳芭最好的朋友。

最好的朋友都能做到的事，我作为丈夫，更应该做到。她说的话，我无法反驳。我也知道，如果你真的还在我们的生活中，你一定不会像我这样，那么轻易地就产生放弃柳芭的想法。安娜走了以后，我想了很久，最终决定回家。我开了一夜车，凌晨时分才到家，柳芭给我开了门。她看见我，哭得像个孩子一样。我认识她几十年，从来没有见过她那样哭过。即使是当年被判定不能再生育，她也表现得很坚强，一滴泪都没有掉。可是当我要离开她时，她是那么伤心。那一刻我觉得自己真的很自私。这是我们两个人共同的不幸，我怎么能让她独自去承担？我送柳芭去了医院，陪着她戒酒。慢慢地，她就好起来了。一年后，她就恢复了跟踪候鸟的活动。”

在咖啡厅里见面时，竺心藜以为柳博芙只是轻描淡写略带遗憾地说出自己不能生育的现实，仅此而已；听了托利亚的诉说，她深深地觉得自己愧对柳博芙——柳博芙向她讲述的是生命中最艰难的时刻，最痛苦的事，她却没有看出来，连一份迟到了二十年的宽慰都没有给予。柳芭那时失望吗？她不敢去想。

“十年了，她没有再碰过酒。连结婚纪念日，我们都只用果汁碰杯。她说，再也不想离开那些鸟了。如果酒精让她折断翅膀不能跟着那些候鸟一起飞行，那就让一切带酒精的东西都见鬼去。”托利亚说着，慢慢倾斜手中的酒杯，看着晶莹的酒液在强劲的西风中，像一条散乱的丝穗飘落下来：“柳芭，你已经和自由飞翔的候鸟永远在一起了。人世间再没有什么能约束你，这杯酒，你可以喝。”

竺心藜的泪水随着托利亚的酒洒在了高原的大地上。她仰起头，看着天边的白云。那是她的习惯。每次她在旷野中驻足，就会去仰望天上的云。那是她心中一座圣殿的所在之处。她相信，她的亲人都化作了朵朵白云，与她互相守望。

“四十年了，托利亚，我们都经历了很多。谁都过得那么不容易。”

“是啊，人生就是如此。不经过，不知道。对了，我听柳芭说，你有过一个爱人?”

“嗯。”

“能告诉我发生了什么吗?”

“我们上车吧，”竺心藜看了看天色，如果想在天黑前回到西宁，现在就该出发前往青海湖了，“路上慢慢聊。”

他们收拾好东西，把献给柳博芙的花束整整齐齐地摆在路基边，就继续向前走了。

重新上路后，车厢里依旧是沉默。竺心藜从后视镜里看着托利亚。他靠着车窗，黯然神伤地望着外面飞逝的风景。

“你要是有什么不舒服，我们就回去吧。”她说道。

“我很好，不用担心。倒是你，开车不累吗?”

“不累，我习惯了。每个月都要走一趟。去基层的那些气象站转一转。”

“听柳芭说，你一个人生活。”

“是啊，‘一个人吃饱全家不饿’，说的就是我。”竺心藜自嘲地笑着说。

“为什么这么不幸福呢?”托利亚沉默了一会说，“关于你，我曾经设想过无数种生活，这是我最不希望看到的。”

竺心藜苦笑了一下。

“幸福是有很多定义的。”

“我所希望的你的幸福，是最普通的那种。”

“托利亚，我们生活在一个不平凡的时代，注定会有不平凡的幸福。”

“我记得，你说过，你学气象，是因为你父亲。现在呢？你实现了你父亲的梦想了吗?”

“梦想不是静止不动的，它也会成长，如果说最初我想要的是像我父亲那样，做一个让老百姓能吃饱饭的气象学家，那么我现在要做的事，已经不再仅仅如此了。”

“那现在你的梦想是什么?”托利亚好奇地问。

竺心藜没有回答他的问题。她看到道路前方有几个橙色的身影，赶紧集中注意力。那些是抢修公路的工人。他们的出现，意味着这个路段可能路况不佳。

果然，在经过这些工人时，竺心藜和托利亚都看到了，路面有一大片塌陷，工人们正围着塌陷处施工。

“这条公路负荷过重了。”竺心藜说，“它承担了整个青藏高原的交通运输。必须改善这种情况。”

“你的意思是，青藏高原上需要一条铁路?”

“当然，铁路是必须要有的。而且，从西宁到格尔木的铁路已经通车了。以后还会有更多的铁路开通，最后它们会连成一条完整的青藏铁路。”

托利亚微笑着摇了摇头：“太难了。”

“怎么?”

“完整的青藏铁路必须经过冻土带地区，其中包括永久冻土带和不连续冻土带。那可是世界上最难以捉摸的冻土带，在那上面修筑铁路，面临的风险太大了。”

“我们一直都在努力，冻土带上也可以修铁路的，你们的西伯利亚铁路都运行一百多年了。”

“西伯利亚和青藏高原的冻土带不一样。那里是平原，冻土成因是严寒天气，无论是气候条件，还是地质条件，西伯利亚冻土都比青藏高原冻土要稳定得多，病害率也会低得多。即使是这样，西伯利亚铁路修起来也很不容易，养护就更不容易了。青藏铁路，修建和运营它的难度，我难以想象。”

“中国有句俗话，事在人为。我们现在正行驶在青藏公路上面，也同样穿越了冻土区，至今已经使用了四十多年了，”竺心藜忍不住提高声音说道，“我们可以修好青藏铁路的!”

托利亚笑着说：“我也已经四十多年没听到你这么激动地说话了。”

竺心藜脸一红：“抱歉，一说到修铁路，我是有点激动。当年，我来到青海工作，就是以参与修建青藏铁路作为目标的。当然，这几十年我做的工作有很多，但是青藏铁路，一直都是我的梦想。”

“没错，我认识的竺心藜同学，是个永远有梦想、永远执着梦想的人。”托利亚微笑着望着窗外。

“好像有点不对劲。”过了一会，他突然说道。

“怎么了？”

“停车。”

竺心藜把车停下，托利亚下了车，走到路边，仰起头望着天空。他伸出一只手，在空中悬停了片刻。

“你在看什么？”竺心藜打开驾驶室的车窗问道。

“竺心藜同学，刚才我们在路上看到的那几个修路工人，现在离我们有多远？”

竺心藜低头看了看里程表：“我们已经走了大约三十公里了。”

“马上掉头回去！”说着，托利亚跑回车旁，拉开副驾驶的门上了车。

竺心藜愣了一下，立刻明白了托利亚的意思。她也把手伸出窗外，果然，明显地感觉到有一股很强的风力冲击到手上，气温也大幅度地下降了。她望向路边，只见路基之下裸露的土壤表层，碎石和干燥的沙土好像有了生命一样，在轻微地一边颤抖一边移动。

再往天空看，她不禁倒吸了一口凉气：天际出现了一小块黑色，正从远处的地平线相当快速地向上蔓延。

这是风沙墙，沙尘暴发生的初期征兆。

强烈的沙尘暴是青藏高原上最常见的灾害性天气。这种灾害性天气，极有可能摧折沿途所遇到的一切。从天边那块黑色风沙墙的位置和风向判断，挟带着滚滚沙尘的狂风即将席卷他们来时的道路。那几个抢修公路的工人，此时如果仍在露天工作，处境将非常危险。

竺心藜立即关闭车窗，打开双闪灯，一踩油门，大力转动方向盘，越野车扭头朝着原路疾驰起来。

“托利亚，对不起，今天不能去青海湖了!”她说。

“没关系！我们走!”

越野车以最快的时速奔驰着。天空中的那片黑色已经壁立如崖，并越来越向他们推进。风来得更早，周围的沙石被风裹挟，四散乱撞，车窗和车身被这大风扑打，发出接连不断的“嘣嘣嘣”的响声。挡风玻璃之外，能见度急剧地变差，眼前的世界很快陷入滚滚的烟尘。双闪灯的光斑在成团盘旋翻滚的尘土上闪烁，前面的路几乎无法被看清。

托利亚不时回头看着车后方，那黑色的风沙墙尾随着他们的车，在步步紧逼。不到五分钟，它就追上来了。距离很近，已经能听见从风沙墙里传出的轰鸣声，仿佛有成千上万的猛兽一边怒吼一边狂奔而来。

托利亚心跳不断在加速。即使作为一个阅历丰富的气象学家，他也从未见过这样的景象。他转头注视着竺心藜全神贯注驾驶车子的侧影，不知道该不该警告她，再不快一些，他们的车辆马上就要被吞噬了。

竺心藜没有注意到他。她只是瞪大眼睛盯着前方，双手用力握住方向盘，一丝一毫也不敢松懈。突然，她眼前晃过一个景象——泥黄色的、滚滚的洪流从面前缓缓而过，就像一条摧枯拉朽的巨龙，原本柔软的水流里，仿佛隐藏着亿万枚锋刃，那是大自然收割生命的锋刃。

她立即摇了摇头，把这来自回忆的幻觉赶走。她知道为什么会出现这样的幻觉。那道带走她最爱的父亲母亲的洪流，是她人生中第一次，亲身感受到自然的恐怖，亲眼看到自然的残酷。

现在，那种感觉又出现了。她几乎能闻到那种令人毛骨悚然的气息。其实她并不是第一次在这样的天气里驾驶汽车行走在这条公路上。但是她意识到，今天的沙尘暴跟以往不太一样——它的级别很高，异常的高。她即将再次亲眼目睹大自然狂暴的一面。

她瞟了一眼后视镜，顿时一阵寒意涌上脊背。风沙墙近在咫尺，它那大山一般巨大的黑色身体里，好像藏着一个几万米高的恶魔，那恶魔撒开四蹄，瞪着发出黑光的巨眼，在狂风沙尘的掩护下，正狞笑着追逐她。

不知怎么的，柳博芙的脸在她的脑海里闪现了出来。她好像听见柳博芙的声音在说："薇拉，保护好托利亚！"与此同时，托利亚冷静中隐含着不安的声音也在耳边响起："心藜！小心！"

是的，要保护好托利亚！还有那些工人！他们即将暴露在这场罕见的灾难之下。

"我不会再眼睁睁地看着生命被夺走！"

“托利亚，系好安全带！我要加速了！”她大喊了一声，随即大力踩下油门。车身箭一般射出。

托利亚迅速把刚才因为紧张而忘记系好的安全带系上，死死攀住车窗旁的扶手。他眼睛盯着竺心藜的脸，没有再说话。这时，什么也不需要说。他知道，如果被风暴甩下，不但他们自己会陷入危险，而且也不可能有足够的时间救援那几个工人了。现在情况非常紧迫，顾不得许多，他们只能拼命朝前飞奔。

近三十公里的路程，他们用了大约一刻钟，在四下一片苍茫的风沙里，这已经是极限了。

车开到了抢修路段，在狂风卷起的漫天尘土中，竺心藜和托利亚隐约能看到路面上的塌陷处，还有路基外面的低地上，几个蜷缩着挤在一起的橙色的身影。

竺心藜尽量把车开到靠近那几个工人的位置，随后托利亚扑身到后座打开车门，用尽力气叫喊让他们上车。工人们并没有听见任何叫喊声，但看到一辆车开了门，瞬间明白了是怎么回事，纷纷起身冲向车子，以最快的速度钻进车厢内，随后把车门关上。

竺心藜转头问道：“所有人都上车了吗？”

工人们互相看看，七嘴八舌地说：“都在这儿！”“上了上了！”“都上车了！”

车便再次飞奔起来。

停了不过十几秒时间，沙尘暴就超过了他们。大颗的冰雹和砾石砸在车上，撞击声不绝于耳。挤在后座上的工人们带着惊魂未定的表情沉默着，大概是在想象，如果这时他们没有躲进车里，还留在外面的路基下，会发生什么。

“你们是谁啊？怎么知道我们在这儿?”过了片刻，一个工人声音微微颤抖地问道。

托利亚说：“我们刚才路过这里的时候看到了你们，再往前走了一段路，就望见了风沙墙，马上转回来了。”

“那你们是特地来接我们的?”

“对。”

“幸亏有你们，不然我们可悬啊!”几个工人轮番伸过手来与托利亚握手，“谢谢！谢谢！太谢谢了!”

竺心藜没有回头，她仍在专注地驾驶着汽车。这路途依然布满危机，必须争分夺秒。

路上，他们将修路工人送回了工程队的营房，并在那里等待了几个小时。当风暴平息，他们又上路了。工人们排队把他们送出大门，再次连声道谢，并一直站在门前，目送他们远去。

两人上了公路，朝西宁方向驶去。天上飘落起大片的雪花，黄色的天空渐渐变成苍灰色。雪不断粘在车窗上，竺心藜打开雨刷器，雪水混合着尘土，变成黑色的泥水，从风挡玻璃的边缘流淌下去。路面上凝结了冰霜，变得很滑。

竺心藜减慢车速，几乎是龟速地行驶着。

静静地走了一段，托利亚轻声说：“真是遗憾，今天没有看到青海湖。”

“今天天气也不好，青海湖不是最美的时候。下次吧。”竺心藜随口说道。

托利亚突然笑了一声。

“你笑什么?”竺心藜扭头看了他一眼，见他脸上露出一种奇妙的表情。

“我想起我们最后一次见面的时候，你也说过这样的话。”

“什么话?”

“‘下次吧’，记得吗?”

竺心藜皱着眉头想了想。最后一次见面？那是从安德烈耶夫娜家出来，他们一起坐上了回学校的公共汽车。

托利亚告诉她，他要去莱比锡卡尔·马克思大学进修一年。什么时候，为什么，她对他说“下次吧”?

看到她困惑的表情，托利亚说道：“我说要给你和你的同学们带德国香肠，你说‘下次再说’。”

竺心藜笑了起来：“原来是这样啊!”

托利亚也笑了：“我从东德回来的时候，真的带了香肠，还有啤酒，可惜你和你的同学们都已经走了。而且，再也没有回来。”

“这就是时代嘛，”竺心藜说道，“时代推动着的很多事，是不以人的意志为转移的。”

“是啊，”托利亚感慨地说道，“人们经常随意地许诺‘下次’，以为还有‘下次’，但却不知道什么时候就是‘最后一次’。对了，你说过要跟我讲讲你这几十年来的故事的，讲讲吧。”

“讲什么呢?”

“什么都好。你的工作，你的生活，爱你的人，你爱的人。我都想知道。”

竺心藜沉思了片刻，说道：“那好吧，我要告诉你的事，从一个雪山上的气象站开始。”

雪花密集地坠落下来，在缓慢前行的越野车里，两个即将步入花甲之年的老者娓娓而谈。托利亚认真地听着竺心藜的每一句话，每一个字，当他被这些话这些字感动时，情不自禁流下了泪水。

车轮在已经覆盖了一层积雪的公路留下两条长长的一直向前延伸的痕迹，就像他们印在漫漫的历史长路上的百折不回的人生。

尾声

让大部分人都没有想到的是，与竺心藜一起回到西宁后，托利亚便告知青海省气象局，他决定按原定计划完成在青海的讲学。同时，关于柳博芙的后事，他会完全配合。他特别提到，对柳博芙身故的一切赔偿，他都不要，全部款项将捐献给青海省气象局，用于基层台站的建设。

听到他的这个决定，人们敬佩之余都感到惊诧。只有竺心藜知道，这是托利亚对她所讲述的程云海和秀秀的故事所表达的崇高敬意，对身居极境不辱使命的气象员们的崇高敬意。

几天后，托利亚在青海大学举办了一次精彩的讲座。能容纳几百人的大阶梯教室里，坐满了科研人员和学生。

“冻土区，是人类生存的另一种极端环境。在这种环境下，无论是动物，还是植物，生态都十分脆弱。当我们人类要以自身的力量去改变冻土区的地形地貌甚至地质结构时，大自然在这个地方经历亿万年所形成的生态锁链，很可能一触即碎。这是一个建设与保护之间看似不可调和的矛盾。但是，人类追求生产力发展的脚步，是不可逆转的，因此，对冻土区的科学研究，就显得非常重要，而且必要。”

托利亚在讲台上侃侃而谈。竺心藜坐在下面，仰望着他。

“彼得洛维奇先生，”一个年轻人站了起来，“那您是怎么看待青藏铁路的建设的呢?”

竺心藜睁大眼睛，她也想听托利亚给出的答案。

托利亚笑了笑：“青藏铁路，要穿过五百五十公里的多年冻土区，它面临两个严峻的挑战，第一个是路基的冻胀和融沉，这会导致建好的铁路变形，冻土的热稳定性很差，而铁路又必须修建桥梁和涵洞，在不稳定的冻土上，这样的建设风险、难度都很大。第二个挑战，冻土区气候属于高寒气候，有特殊的灾害类型，比如雪灾、风灾，特别是雪灾，频繁积雪不易及时清除，对铁轨的运行安全会造成极大的威胁。还有，就是铁路沿线脆弱的生态环境，这是大自然设下的最困难的考题。铁路能给人类带来福利，但，我夫人——哦，她是一位生态学家，她曾经说过，如果人类的福利是建立在整个生态圈的被损坏被毁灭的基础上的，那么这种福利，实际上是深不可测的陷阱。”

当翻译复述完托利亚的话，全场都陷入了沉默。那个年轻人思索了片刻，推了推鼻梁上的眼镜，继续问道：“那您的意思是，青藏铁路不应该修建?”

托利亚笑着摇了摇头：“不，我绝不是这个意思。挑战，在人类的任何一个建设项目中都会遇到，无非是难度有高有低罢了。我们不必为此改变造福的初衷。这次，我来到青海，遇见了我的一个老朋友。她对我说，青藏铁路是一个梦想。我说，我所认识的你，是一个永远有梦想的人。其实，我们所有的人都有梦想，有了梦想，就应该想办法去实现，这才是梦想的意义。至于青藏铁路，我相信中国人民的智慧，总有一天，你们会想出办法，把这些挑战全部都解决掉，并让这条充满奇迹梦想的道路，像彩虹一样铺设在美丽的青海湖畔，铺设在世界之巅。”

这时，一个略显沧桑的浑厚声音从阶梯教室最高处的角落里传来：“请您谈谈我们的气象观测对青藏铁路的意义吧!”

人们纷纷回头寻望。竺心藜也转过头去，她的心突然一颤。一位老者站在最后一排，他银灰色的浓密头发下，有一张健朗的面容，表情温和从容，目光深邃而清透。他的腋下夹着一支拐杖，但身形却并不因此而佝偻弯曲。他看起来是如此挺拔，就像当年在雪山苍石间步履如飞时一样。

“云海……”竺心藜和他四目相对。在这跨越了许多年的视线的交集中，竺心藜思绪万千。她仿佛看到岁月老去，无数记忆中的画面掠过眼前，每一幅画面，她都亲身感受过其中的痛苦和欣慰。

“您是?”托利亚问道。

程云海笑着说道：“我是一个普通的气象观测员，曾在这里的一座雪山气象站工作。后来我调回内地，到海岛上去了，同样在做气象观测。如今，我已经退休，打算回到青藏高原，等待青藏铁路全线开通的那一天。这，也是我的梦想。”

托利亚点了点头：“我的父母和您一样，也是驻守在远离人烟的气象站的气象观测员。气象观测员提供的数据，守护了许多人，守护了国家。似乎谁都不知道他们做过什么，他们是如此沉默，如此遥远。但是毫无疑问，他们会被记住，因为他们记录的每一个数字，同样也在记录着他们。您问我，气象观测对青藏铁路的意义，是吗?在座的都是这个学科的专业人士，那些技术性的语言，我就不多说了。我只想说，当青藏铁路在这片土地上贯通时，那响彻云霄的汽笛声，铁轨发出的轰鸣声，就是我们一切工作的意义所在。要向您致敬，伟大的气象观测员。”

程云海默默地看着托利亚，还有整个教室里注视着自己的所有人，最后，他的目光落在含泪的竺心藜身上。

过了片刻，他微笑着说：“向我们致敬，伟大的气象人。”

人们使劲地鼓起掌来，巨大的声浪席卷了这个人头攒动的大教室。竺心藜也用力地拍着手，任凭泪水滑过她的脸庞。很多很多年前，当她还是一个不谙世事的少女时，林有松曾对她说过的话，此时清晰地回荡在耳边。

“气象有远观万里的眼睛，博闻四方的耳朵，有强大的计算和预测能力，它能控制天空中看似无拘无束的雨云和无坚不摧的雷电，它能上升到太空，遨游到大洋，深入到沙漠，探索人类从未见过的世界。它让飞机得以安全飞行，让船只能扬帆远航。”

气象，是守护家园不可或缺的力量，是人类进步至关重要的阶梯。在这个科学的领域中，人类与大自然，结成了最和谐的友谊。竺心藜知道，这就是他们，作为一个科学工作者，一个气象工作者，美好而艰辛的人生所拥有的价值。一切鲜艳的青春和热烈的生命，她无憾无悔地将之完全交付给了那将伴随着国家发展的道路永远延续下去的，光荣而崇高的事业。